사랑은
시간과

비례하지
않는다

사랑은
시간과

비례하지
않는다

니큐 의사
스텔라가 기록한
아기를 가슴에 묻는
사람들

스텔라 황
지음

그래
도봄

책을 펴내며

나는 매일 갓난 아기를 보살핀다. 귀여운 아기를 돌보며 아름다운 일만 할 것 같지만, 실제로는 신생아중환자실에서 생사가 불확실한 아기를 집중치료하는 일이 주 임무다. 죽거나 죽을 뻔하거나 아직은 살아 있으나 곧 죽을 아기와 함께 지새우는 밤이 많았다. 사망 선고를 하는 것이 죽기보다 싫은 날도 눈덩이처럼 불어났다. 거의 매일 아기의 상태가 좋지 않아 곧 죽을지도 모른다는 대화를 아기의 부모와 나누었다. 가족과 상담을 하면서 가끔은 내가 더 많이 울기도 했다. 그 울음은 인수인계를 마친 당직실에서도 이어졌다. 집으로 향하는 차에서도, 샤워를 하다가도, 또 자려고 침대에 누워서도 내내 쏟아져 나왔다. 큰아이는 내 표정만 보고도 오늘도 누가 많이 아프구나 아니면 죽었구나를 짐작하곤 했다.

분만실을 비롯해 신생아중환자실에서도 절체절명의 순간들이 이어졌다. 여러 시술과 치료로 멈춰가는 심장을 애써 붙잡아 놓아도 심박수는 다시 곤두박질쳤다. '아! 이제 내가 무슨 수를 써도 이 아기는 죽겠구나…' 가슴이 점차 시커멓게 물들어갔다. 그동안 내가 마주한 죽음이 너무 많았다. 지난 죽음과 그 사투의 장면이 내 앞에서, 머릿속에서 자꾸 재생되었다. 이런 일이 계속되자 내 자신이 점차 사라져간다는 느낌이 들었다. 그리고 불현듯 깨달았다. 이러다 아무것도 남지 않으리라는 것을.

그래서 글을 쓰기 시작했다.

작은 생명이 꺼져갈 때 무력한 관찰자가 되어 바라본 생사의 이야기를 풀어 놓기 시작했다. 슬픔, 분노, 후회, 측은, 괴로움 등의 복잡한 감정들이 컴컴한 기억들 속에서 휘몰아쳤다. 실제 병원에서 일어난 일을 기록하고 그에 따르는 감정을 쏟아내고서야 비로소 나를 짓누르던 아픈 기억과 조금씩 멀어질 수 있었다. 슬픔에서 벗어나 진정으로 애도하는 법을 배우고 마음의 힘을 키울 수 있었다. 그덕에 나는 다시 신생아중환자실로 돌아가 작은 생명들을 만나고 구할 수 있었다.

죽음을 오래, 자주 들여다보면 삶이 보일 때가 있다. 아기들의 삶과 죽음, 그리고 그 후에 따르는 가족들과 의료진의 삶을 이 책에 담았다. 애도의 과정, 슬픔 안에서 살아남는 방법도 나누었다. 세상에서 가장 소중한 생명의 존엄성 그리고 그것보다 더 중요할지도 모르는 사람다운 삶에 대한 이야기도 꺼내 놓았다. 혹시나 사랑하는 이가 죽음의 언저리에 서게 된다면 이 책을 읽은 다음에는 다른 선택이 가능할지도 모른다. 더 큰 사랑은 많이 아플 때 잘 보내주는 용기이자 배려일 수도 있으니.

차
례

제5부

더 큰 사랑을 실천하는 법

제1부

나는
오늘도

가슴에
배지를 단다

매번 엉엉
울어버리고 마는걸

"아까 말씀드린 대로 아기가 많이 아파요. 진짜 곧 죽을 수도 있어요. 이제 몇 분, 아니면 몇 시간 남지 않았어요."

사형선고가 내려지면 죄수들의 표정이 저럴까. 부모의 얼굴에 절망이 드리워졌다. 엄마는 목구멍 안으로 기어드는 듯한 이상한 소리를 내며 울기 시작했다. 사람이 저런 소리를 낼 수 있는지 처음 알았다. 엉엉 울고 싶은데 아기한테 엄마 울음소리를 들려주고 싶지 않은 것 같았다. 나도 같이 주저앉아 꺼이꺼이 울고 싶은 심정이었다.

"이제는 결정을 내려야 해요. 심장 박동수가 떨어지기 시작하면 가슴을 누르고 약을 투여해야 해요. 심폐소생술을 원하세요?"

아이 아빠가 나를 증오하는 듯한 표정으로 되물었다.

"지금 죽는다고요?"

"아니요. 지금 당장 죽지는 않아요. 하지만 곧 심장 박동수가 내려가고, 우리가 아무것도 하지 않으면 심장이 멈추고 죽겠지요. 가슴을 누르고 약을 투여하면 심장이 다시 뛸 수도 있어요. 그걸 몇 번 하다 보면 영영 돌아오지 못할 거예요. 지금 아기가 너무 아파요. 저희가 할 수 있는 모든 치료를 했는데도요…. 그래도 아기는 살지 못할 거예요. 아기가 편안하게 갈 수 있도록, 아기를 꼭 안고, 그렇게 보내주는 건 어때요?"

"가슴을 누르고 투약하면 살 수 있어요?"

"다시 심장이 뛸 수도, 아니면 아예 안 돌아올 수도 있어요."

"가능성이 있다는 건가요?"

"네, 가능성은 있지만 우리가 뭘 해도 오늘 아니면 내일 죽을 거예요."

그는 혈관에 피가 흐르지 않는 사람처럼 보였다. 원래 하얀 얼굴이 내가 꼭 쥐고 있던 종이처럼 더 하얗게 변했다. 아마도 겨우 잡고 있던 기적을 향한 희망이 산산조각 난 것이리라. 그리고 그 조각들을 내가 가슴에 박은 것이리라. 자식을 앞서 보내야 하는 부모다. 그 사실조차 받아들이기 힘들 텐데, 이제는 보내야 한다고 그 시간을 정하라고 재촉하고 있었다.

"선생님 아기라면 어쩌시겠어요?"

아기 아빠가 나에게 물었다. 바다색같이 파란 눈 때문인지 이제 얼굴은 하얗다 못해 시퍼렇게 질린 것 같았다. 옆에서 여전히 기묘한 소리를 내며 우는 아내 때문인지, 아니면 내가 전한 죽음의 비보 때문인지 알 수 없었다. 명백한 것은 나는 아기의 부모에게 질문을 던졌고, 그들은 내게 다시 질문을 넘겼다는 사실이다. 내 전문적인 소견을 넘어 개인적 의견을 묻는 것이다.

"제 아기라면… 저라면 아기를 품에 안고 평화로운 죽음을 맞이하게 하고 싶어요. 더 큰 사랑은 아프지 않게 잘 보내주는 거라 믿기 때문이에요."

벌겋다 못해 새빨개진 얼굴로 눈물을 참고 누르다 꺽꺽 소리를 내는 나를 그들은 한참 동안 바라보았다. 그들의 대답은 짧았다.

"이제 보내주죠."

나는 신생아중환자실 의사다. 갓난아이가 엄마 배 속에서 나오는 순간부터 집에 가는 순간까지, 혹은 숨을 거두는 순간까지 책임지고 돌보는 의사이기도 하다. 나는 이른바 '블랙 클라우드'라고 불리는 운이 나쁜 의사다. 나만 병원에 들어가면 멀쩡하던 환자 상태가 나빠지거나, 아픈 환자들이 들이닥치거나, 심한 경우 급작스럽게, 어떻게 보면 당황스러운 죽음이 찾아오기도 한다. 수련의 때부터 이어온 악운의 먹구름은 내 머리 위를 맴돌며 배움의 기회를 내리기도 했지만, 눈물과 고통의 순간을 자주 안겨주었다. 어찌 보면 이런 배움의 기회가 나를 좀 더 나은, 경험 많은 의사로 만들어줬는지도 모르겠다.

수련의 때였다. 백발의 교수님이 내게 물었다.

"아이가 있으니까 슬픔이 배가 되지 않아? 아이들이 아파서 죽을 때 말이야."

난 원체 동정심이 많고 공감력이 좋아서 아이가 없을 때도 많이 슬퍼했다고 생각했다. 하지만 내 아이가 커갈수록 이름 없는 아기들의 죽음을 맞닥뜨릴 때면 백발의 힘이 얼마나 대단한지 깨달았다. 뜻하지 않은 죽음이 다가올 때면 같은 인간으로서 또 엄마로서 마음의 고통이 곱절이 된다. 죽은 아이를 끌어안고 목 놓아 우는 엄마의 모습을 자주 보면서, 아이를 낳기 전 내가 느끼던 감정은 지금 슬픔의 반의반도 아니었음을 알게 됐다.

차갑게 식어가는 아기의 얼굴 위로 내 아이들의 얼굴이 겹쳐 보일 때가 있다. 아이를 잃고 부르짖는 엄마의 목소리가 내 입 밖으로 빠져 나오고, 그들의 빈 손이 내 손이 되고, 뻥 뚫린 가슴이 내 눈에 훤히 보이는 듯하다. 우리는 영혼이 빠져나간 텅 빈 눈빛을 교환한다. 그렇게 그들과 나 사이의 장막은 곧 사라진다. 점점 쌓여가는 삶의 경험은 그 감정의 깊이를 심해 바닥으로 내려가게 만든다.

모든 죽음에 매번 엉엉 울어버리는 내가 의사로서 자격이 있는지 의심마저 들었다. 자주 만나는 죽음에 익숙해져야 한다고 믿었고, 또 무뎌져야 하는 게 내 운명이라 생각했다. 나의 멘토는 나를 안아주며 이렇게 위로했다.

"네가 만약 모든 죽음에 매번 슬퍼하지 않는다면 이 일을 그만두는 게 맞을 거야."

그 말은 위로를 넘어 어쩌면 내가 괜찮은 의사가 될지도 모른다는 위안이 됐다.

나는 의사다. 그 전에 한 인간이자 두 아이의 엄마다. 신생아중환자실에서 아기가 살도록 치료하는 것도, 편안하게 죽도록 도와주는 것도 내 직무다. 하지만 더 중요한 임무는 아기 가족이 힘든 시간을 잘 건너도록 돕는 것이다. 나의 멘토는 늘 말했다.

"인생에서 가장 힘든 시간을 보내는 사람을 도와주는 게 진정으로 의미 있는 일이야. 그냥 보통날을 보내는 사람들을 도와주는 것과는 엄청난 차이가 있잖아?"

그렇다. 가장 힘들 때 나를 도와준 사람은 잊히지 않는다. 태어날 아기를 기다리면서 모든 부모는 아기의 출생, 성장, 미래를 준비한다. 어느 누구도 갓난아기가 태어나자마자 죽음 앞에 바로 놓일 거라고는 상상도 하지 않는다. 이 말도 안 되는 상황을 부모에게 이해시키는 것은 거의 불가능하다. 나라도 이 상황이 닥치면 이성적 판단과 정상적인 인지 활동이 불가능할 것이다. 그 불가능의 대화를 나는 매일같이 하고 있다. 만난 적도 이길 수도 없는 '죽음'이라는 적이 자기 아기를 덮치는 상황, 그 상황을 전달해주는 일, 그게 바로 내 업무다. 깜깜한 동굴에서 그들을 꺼내 옳은 선택을 하도록 길잡이가 되는 것은 나의 책임이자 신생아중환자실 의사의 의무이다.

24시간 안에
두 번의 기적이 일어날 확률

한가로운 아침, 출근하자마자 산부인과에서 호출이 왔다. 곧 임신 23주가 된 태아를 분만할 예정이라고. 쌍둥이 중 첫째가 이미 자연분만으로 나와 숨졌다고 했다. 둘째는 아직 엄마가 배 속에 품고 있으나 상태가 좋지 않아 제왕절개로 낳을 거라는 마음 아픈 소식을 전했다. 산부인과 병실로 떨어지지 않는 발길을 돌렸다. 방 안은 불이 켜져 있지 않아 어둑어둑했다. 산모는 다시 깨지 않을 잠을 자는 첫아이를 아직도 안고 있었다. 차마 아이 얼굴을 볼 수 없어 어둠을 택했을까. 가슴 안에서 뭔가 '툭' 하고 끊어져 캄캄한 바닥으로 추락했다. 상담을 시작해야 하는데 입이 떨어지지 않았다. 해야 할 말과 하지 말아야 할 말이 뒤섞인 언어의 바다에서 고심해 건져 올린 말을 조심스럽게 건넸다.

"오늘 아침에 아기를 보내셨다고 들었습니다. 마음이 너무 아프네요. 저도 아이가 둘인 엄마예요. 그 마음을 온전히 헤아릴 순 없지만…."

목소리가 떨려 말을 잇지 못하고 잠시 숨을 멈췄다. 다행히 부모의 울음이 잦아들어 상담을 이어갈 수 있었다. 이미

한 아기를 떠나 보낸 부모는 두 번째 아기까지 무리하여 살리기를 원치 않았다.

폐가 미성숙한 채 22~23주에 태어나는 아기는 치료하기도 하고 자연스러운 죽음을 선택하기도 한다. 개인적으로 22~23주 아기의 경우 기도 삽관을 해서 생체징후가 나아지면 신생아중환자실로 옮겨 집중치료를 하고 경과를 보자는 데 동의한다. 기도 삽관 후, 가슴 압박이나 탯줄에 관을 넣어 강심제를 투여하는 것은 대체로 불필요한 의료 행위라고 생각한다.

물론 가깝고 먼 미래에는 의료계와 나의 관점이 달라질지도 모른다. 현재 미국에선 24주 이상부터 집중치료를 하며 아기를 살리기 위해 노력하지만, 일본에서는 1991년부터 법이 바뀌어 22주에 나온 아기도 집중치료를 한다. 그중 25퍼센트는 일상 생활에 지장이 없을 정도로 건강해져 퇴원한다.

제왕절개로 세상의 빛을 본 아기는 생각보다 큰 울음소리로 우리를 깜짝 놀라게 했다. 움직임조차 없이 나오는 초미숙아가 많기에 모두의 두 눈이 동그랗게 커졌다. 언니의 죽음을 애달파하던 울음소리는 곧 멈췄다. 이미 한 아기를 잃어 슬픔에 잠긴 부모를 위해 내 안의 모든 정성, 그 이상을 꺼내 쏟아 부었다. 까맣게 물든 부모 가슴에 더 큰 어둠을 더해주고 싶지 않았다. 정신없이 달린 나의 24시간. 덕분에 당직실 문 한 번 열어보지 못하고 만 하루의 당직이 끝났다.

업무 인계를 하려고 기다리는데, 이번에는 22주 초미숙아가 태어났다. 과도한 치료는 피하자는 의료진 입장과 달리 엄마는 모든 치료를 원했다. 이번에도 잠깐이지만 분명히 들렸다. '으앙' 하고 울리는 아기의 울음소리. 자기를 꼭 살려달라는 목멘 읍소 같았다.

다행히 기도 삽관 후 아기 상태는 안정 궤도를 달렸다. 정상적인 뇌 발달을 돕기 위해 한 시간 안에 제대정맥관과 동맥관을 넣고 투약과 수액 주사를 서둘러 마쳤다. 빛을 줄여 아기집 같은 환경을 조성하고 최대한 아기 만지는 일을 줄였다. 출생 뒤 사흘 동안, 90퍼센트 이상의 뇌실내출혈이 일어나기에 이를 막기 위함이다.

기나긴 퇴근길 아침, 24시간 안에 두 명의 22~23주 초미숙아를 만날 확률을 생각해봤다. 거의 로또 맞을 확률이 아닐까 의아해하며 두 아기 모두 건강하게 퇴원하는 모습을 머릿속에 그려봤다. 너무 희미해서 잘 보이지 않는 저 고속도로의 끝처럼 가물가물했다. 어쨌든 모든 정성을 쏟아 치료했고, 아기는 살아서 분만실을 나왔다. 첫 출발치고는 나쁘지 않으니 슬며시 기대감에 차오르다가도 무의미한 희망 같아 지우려 노력했다.

오늘 아침 태어난 22주 아기가 살 확률은 10퍼센트 정도, 어제 아침의 23주 아기는 15퍼센트 정도에 불과했다(주수, 몸무게, 성별, 산전 치료, 쌍둥이 유무에 따라 다르다). 자꾸 어둠 속에 안겨 있던 쌍둥이 첫째와 쨍하게 밝은 신생아중환자실의 둘째 모습이 겹쳐 보였다. 아침에 받은 22주 초미숙아의 떠지지 않던 눈도 다시 떠올랐다.

미국 전역에서도 악명 높은 캘리포니아 교통체증 한가운데서, 짜증과 노여움만 가득한 얼굴들 가운데서, 나만 환하게 웃고 있었다. 두 아기의 시작이 좋았고 최선을 다해 살렸으니 이 길처럼 좀 막히더라도 금세 뻥뻥 뚫려 집에 갈 수 있을 것만 같았다. 두 아기가 퇴원해 건강히 자라 유치원에라도 가게 된다면? 혹시라도 두 아이가 같은 학교에 간다면? 상상에 상상을 더해 점점 밝은 미래가 그려졌다.

'아, 정말 그런 날이 온다면 이런 기쁨이 또 있을까.'

그러다 먼 훗날의 그림이 현실이 될 확률은 또 얼마나 될까 침울해지려는 찰나 갑자기 뻥 뚫린 고속도로가 눈앞에 펼쳐졌다. 순간 학부 때 들은 심리학 수업에서 교수님이 하신 말이 뇌리를 스쳤다.

"나한테 일어나면 100퍼센트, 일어나지 않으면 0퍼센트. 이게 확률입니다."

지난 24시간 동안 로또를 맞은 나의 확률과 두 아기의 확률이 '펑' 하고 사라졌다. 두 아기는 로또 확률을 뚫고 나왔으니 그까짓 10~15퍼센트 확률쯤이야 가뿐히 넘기고 건강하게 집에 갈 수 있을 것만 같았다. 핑크빛 상상이 졸음을 쫓아 무사히 집에 도착할 수 있었다. 5~6개월 뒤, 두 아기 모두 건강한 모습으로 집으로 갈 수 있었다. 그리고 이 글을 쓰는 도중 23주 아기의 전원 신청이 들어왔다. 이런 우연이 또 있을까. 이제 가서 또 정성을 쏟아야겠다. 이미 두 번 맞은 로또인데, 또 한 번의 기적이 오지 않으란 법은 없으니.

엄마와 의사 사이

)

인턴이 된 지 며칠 지나지 않은 7월의 어느 뜨거운 날, 계획에 없던 임신을 알았다. 임신테스트기에 두 줄이 뜨자 내 얼굴에도 두 줄의 눈물이 흘렀다. 남편은 내가 감동에 벅차운다고 생각했다. 솔직하게 말하건대, 앞으로 다가올 고난의 길이 막막해 울었다. 신체적, 정신적 스트레스가 끝이 없기로 유명한 인턴 생활이다. 내 몸 하나 건사하기도 어려운데, 태아의 건강을 추구하고, 신생아 엄마의 고충을 감당하기란 불가능해 보였다. 또 마지막 의사고시를 인턴 기간에 치뤄 의사 자격증을 따야 했다. 자꾸 건너야 할 시냇가가 늘어 장마 때 불어난 강물처럼 보였다.

임신 중기쯤, 밤에 병동에서 회진을 돌던 중, 잠시 정신을 잃었다. 교수님 말에 의하면 내가 알 수 없는 말을 중얼대다가 갑자기 스르륵 주저 앉았다고 했다(한국말을 했을지도 모른다!). 정신을 차렸을 때는 어쩐 일인지 나는 의자에 얌전히 앉아 환자용 사과 주스를 홀짝대고 있었다. 정신이 돌아오기는 했으나 밤새 잠을 한숨도 못 자 곧 죽을 것 같았다. 집에 가고 싶었으나 약한 모습을 보일 수는 없었다. 나의 신념은 실제로 딱 쓰러져서 바닥에 누워 심정지가 오기 전까지는 일을 한다는 것이다. 다같이 고생하는 처지에, 나의 피곤함이나 아픔으로 동료에게 더 무거운 짐을 지어주고 싶지 않았다. 하필이면 금요일 밤이라, 밤새 일하고 아침에는 교수님과 회진까지 돌아야 했다. 어쩌저찌 일을 마치고 날이 밝아 퇴근했다. 집에 도착하자마자 쓰러지듯 잠들었다. 다음날 아침 겨우 일어나 다시 병원으로 향했다.

신생아중환자실에서 혹은 분만실, 소아중환자실에서 생사를 넘나드는 환자들을 볼 때마다 두려웠다. 나도 저렇게 조산아를 낳을까 봐, 만삭아를 낳고도 뭔가 문제가 생겨 입원을 할까 봐, 나아져 퇴원을 하더라도 다시 소아중환자실에 들이닥쳐 갑작스러운 죽음을 맞이할까 봐. 너무나도 두려웠다. 임신 중 호르몬의 영향일까. 늘 가지고 있던 초긍정의 마음이 사라지고 어두운 생각만이 머릿속을 가득 채웠다. 신생아중환자실에 누워 있는 미숙아의 주수가 내 아기의 주수를 매일 상기시켜줬다. 임신 24주가 지나가자 혹시나 지금 당장 아기가 나오더라도 살 수 있는 확률이 있다는 것이 조금은 위안이 되었다. 또 거의 모든 시간을 병원에서 보내고, 병원에서 가까운 곳에 살고 있어 위험한 일이 생기더라도 어떻게든 아기를 살릴 수 있을 것만 같았다.

임신 중 스트레스는 적이라는데, 인턴 생활의 스트레스와 임신 자체의 스트레스, 또 가까운 미래의 불확실성이 나를 매일 짓눌렀다. 병원에는 아픈 아이들 천지였고, 내가 할 일은 너무 많았다. 잠깐 앉을 시간은커녕 24시간 내내 먹지도 마시지도 못하는 날들도 부지기수였다. 게다가 호르몬의 영향으로 뇌의 전산 과정은 느려지고, 기억력도 감퇴했다. 틈날 때마다 마지막 의사국가고시도 준비해야 했다. 마음 같아서는 아기를 낳고 좀 더 가벼운 몸으로 준비해서 시험을 치르고 싶었다. 하지만 아기가 내 안에 있을 때가 제일 편하다는 진리를 받아들여 만삭의 몸으로 시험장에 들어갔다. 몸을 비틀어가며 허리를 두드려가며 겨우 시험을 치뤘다. 큰 시험장에 만삭의 여인은 나 하나뿐이었다.

예정일이 4주 정도 남았다. 곧 걷기 힘들 정도로 배가 불러왔다. 배려심이 넘치는 소아과 수련의 담당 교수님 덕분에 집에서 연구를 하면서 한 달을 편하게 보낼 수 있었다. 행운인지 불행인지 계속 체중 미달이던 아기는 한 달만에 정상 체중으로 접어들었다. 집에서 잘 먹고, 앉아서 컴퓨터만 보고 있는 엄마 덕분이다. 갑자기 너무 편안한 나날이 계속 되어서 인지, 40주가 되어도 가진통조차 느낄 수 없었다. 41~42주가 넘으면 대부분의 태반은 기능이 현저히 떨어진다. 아기도 그 스트레스로 태변을 보고, 그 태변을 삼켜 분만 후 호흡곤란이 올 수도 있다. 대부분의 산부인과는 40~41주가 지나면 유도 분만을 권유한다. 실제로 분만실을 자주 가는 덕분에 직접 보고 겪은 상황이다. 그래서 잘 알고 있었다. 더 늦게 나오면 아기가 숨을 쉬지 못할 수도, 생명을 잃을 수도 있다는 사실을 말이다. 그래서 40주 하고도 하루가 딱 지나자, 유도 분만을 요청했다. 24시간이 꼬박 지나, 나와 같이 수련 중인 레지던트가 교수님의 지도하에 건강한 여자 아기를 받아주었다.

상상할 수 없는 통증을 수반한 마지막 출산 과정을 겪고 난 그 뒤 일 년 동안은, 병원 생활이 백배 정도 괴로웠다. 소아과 레지던트로 분만실에 들어갈 때마다 그 고통의 기억이 나를 덮쳤다. 다시 마주하고 싶지 않은 고통이 바로 내 앞에 덩그러니 놓여 있었다. 다만 그 주체가 내가 아니라 매번 얼굴이 다른 산모였다. 예전에는 혹시나 필요할 심폐소생술 준비에만 모든 신경을 쏟았다. 출산 후에는 그 기억의 무게가 자꾸 나를 눌러 손길이 더뎌졌다. 산모의 비명이 내 비명과 겹쳐 들렸다. 아직도 생생한 아픔의 기억이 자꾸 떠올랐다. 시간이 좀 흐르자 동물 같은 부르짖음이 내 귓볼을 아무리 때려도 침착하게 시술 준비에 집중할 수 있었다. 같은 공간에 있는 다른 이의 고통이 시간이라는 필터를 거쳐 조금 덜 아프게, 조금 더 무뎌져 다가왔다. 의사였다가 잠시 엄마가 되었다가, 이제는 그 중간쯤에서 내게 필요한 명찰을 적재적소에 달 수 있게 되었다.

사랑스러운 아이들은 존재만으로도 말할 수 없이 큰 기쁨과 행복을 준다. 가끔은 벅찬 감동이 비현실적으로 다가와 뭉클해질 때가 있다. 한여름 반짝반짝한 햇살이 더해진 빛나는 바다를 보는 것 같은 순간들을, 아기를 잃은 부모는 만나지 못한다고 생각하면 가슴이 찢어진다. 아기를 잃은 부모를 뒤로 하고 집에 가면, 꺅꺅 소리를 지르며 두 팔을 벌리고 달려오는 내 아이들. 잠시 멈춘 눈물이 다시 샘솟는다. 아이들이 아니었으면 겪지 못할 감정이 의사와 엄마 사이의 줄타기에서 중심봉이 되어 나를 잡아준다. 조금 더 나은 의사로 성장시켜준다.

반짝이는
아름다운 순간들

)

우리 병원 초미숙아실은 세세화되고 특별한 치료로 유명하다. 아예 다른 구역을 만들어 전문화된 의사, 간호사, 호흡치료사로 팀을 꾸려 초미숙아만 돌본다. 언론에서도 자주 다루어지고 입소문도 타서, 멀리서 초미숙아를 낳으려고 장시간 운전해서 온 엄마도 있을 정도다.

이곳에서 일하려면 갖가지 과정을 수료해야 한다. 또 일년에 몇 번씩 정기적으로 교육을 받아야만 일할 수 있다. 그래서인지 우리 병원 초미숙아실에서 졸업한 (우리는 '졸업'이라고 부른다. 살아서 퇴원하는 것은 졸업하는 것만큼이나 자랑스러운 일이기에) 아기들의 예후는 다른 병원에 비해 눈에 띄게 긍정적이다.

당직 서기 전날 밤, 호기로운 전운이 감돌았다. 초미숙아실은 자몽보다 작은 아기들로 가득 차 있었다. 예상보다 더 악화된 상태지만, 전날보다는 조금 호전된 아기들이 많았다. 정신적으로 중무장한 채 병원에 당도했건만, 이상하게도 저녁 회진 전까지 전화 한 통 없었다. 혹시나 크게 피곤하지 않으면 다음날 아침 일을 마치고 잠을 청하는 대신, 네 살배기 아들과 가려고 놀이공원 예약까지 마쳤다. 스스럼없이 지내는 간호사들에게 내일 어마어마한 계획이 있다며 급한 일 아니면 전화하지 말라고 농담까지 주고받았다. 그러질 말았어야 했다.

"산소 포화도가 잡히질 않아요."

크리스가 지나가던 나를 잡았다.

"이상하네요. 다른 건 어때요?"

"괜찮긴 한데, 뭔가 심상치 않아요."

"다른 모니터로 한번 바꿔보죠."

며칠 전에도 봤던 환자였기에, 크게 달라진 점을 찾지 못했다. 지난번에 봤을 때보다 상태가 좋아 보였을 정도였다.

혹시나 했는데 역시나 기흉이 문제였다. 폐에 생긴 구멍으로 자꾸 폐와 가슴벽 사이에 공기가 차올라 흉관을 두어 번이나 넣어야 했다. 어찌된 일인지 이미 자리 잡고 있는 흉관으로 공기가 빠져나가지 않고 있었다. 흉관은 우리가 하는 시술 중 가장 큰 통증을 가져온다. 다 큰 어른들도 시술 중 비명을 내지르게 하는, 상상 이상의 고통을 가져다주는 최악의 시술이다. 작은 새같이 연약한 아기에게 더 이상의 아픔은 주고 싶지 않았다. 애당초 있던 흉관을 고쳐보려고 했으나, 득이 없었다. 얇디얇아 투명하기까지 한 피부에 소독약을 뿌리고, 흉관을 제거했다. 새로 흉관을 넣는데, 웬일인지 자꾸 아기와 나 사이에 보이지 않는 벽이 있는 기분이었다. 겨우 성공하고 공기를 빼냈다. 한고비 넘겼다고 생각했을 때, 흉관이 아기의 가슴 밖으로 나오고 말았다. 석션에 연결하는 과정에서 간호사와 손이 맞지 않아 어렵게 넣은 흉관이 몸 밖으로 나오고야 말았다.

같이 고생하며 시술을 마친 의료진과 함께 긴 한숨을 내쉬었다. 다시 차분히 새 흉관을 삽입하자, 아기는 몸부림쳤다. 많이 아팠으리라. 그 괴로움이 이미 치료 중이던 폐고혈압을 하늘로 치솟게 했다. 한번 굳게 닫혀버린 폐동맥은 결코 열릴 줄 몰랐다. 얼마나 지났을까. 22주에 태어나, 살 확률도 살아갈 힘도 얼마 되지 않았던 아기는 부모가 도착하자마자 엄마의 품에서 하늘로 떠났다.

그 조그마한 아기가 내 곁을 떠나자, 가슴 안이 타들어갔다. 나의 부족함 때문에, 나의 불찰 때문에 이미 손끝에 매달린 아기의 손을 놓쳐버렸다. 한밤중에 눈을 뜨면 그 아기의 얼굴이 눈앞에 나타나 유리 파편이 되어 내 가슴을 그었다. 다른 환자를 볼 때도, 함께 고생하며 일한 동료들을 볼 때도 자꾸 눈물이 흘렀다. 끝이 나지 않을 것 같은 암흑의 사막 한 가운데, 내가 홀로 서 있었다.

모든 부모가 느끼는 '반짝이는 순간들'이 있다. 아이가 나를 빤히 바라볼 때, 미소 지을 때, 즐거운 표정으로 나와 놀아줄 때, 나에게 사랑한다고 문득 말할 때, 봄 햇살보다 따뜻한, 바다 물결보다 반짝이는 순간들이 찾아온다.

'아! 이 순간을 평생 잊지 못할 것 같아!'

행복이 차오르는 순간들이 예상치 못할 때 찾아오면 형언할 수 없는 간지러움이 가슴을 채운다. 환상적인 공기의 입자가 나를 감싼다. 햇살에서 행복의 냄새가 난다는 것을 아이들을 통해서 배웠다. 내 아이들과 누리는 '반짝이는 순간들'이 찾아올 때마다 행복했다. 고백하건대 그래서 더 괴로웠다. 내가 그 아기의 부모에게서 송두리째 앗아 갔을지도 모르는 것, 그것을 내가 누리고 있어서 아팠다. 아이들과 행복한 내가 부끄러웠다. 아기를 잃은 부모에게도 세상 어떤 기쁨보다 훨씬 더 큰, 봄의 환락 같은 감정을 나누어주고 싶었다.

내 머릿속에만 존재하는 새카만 밤이 오래도록 지속되었다. 그러던 어느 날, 봄방학을 맞은 아이와 하루종일 시간을 보내다, 문득 든 생각에 빛이 조금씩 내리쬐기 시작했다.

'아, 내가 이 '반짝이는 순간들'을 많은 가족들에게 선물해 주었지…'

《당신은 생각보다 강하다》의 저자이자 정신과 전문의 전미경은 통제할 수 없는 과거는 버리고 통제할 수 있는 현재에 모든 에너지를 투자해야 한다고 말한다. 과거란 내가 주관적으로 해석하고 편집한 기억의 조각에 지나지 않기 때문에. 만약의 시나리오를 자꾸 쓰고 다시 내 기억을 재생하고 내 자신을 괴롭히는 짓은 부질없기에. 하루종일 차트를 붙잡고 잡히지 않는 실마리를 찾으려는 어리석음에 종지부를 찍기로 했다. 내 부족함 또는 순간의 실수, 아니면 불운의 영향으로 아기의 생을 연장하지 못했을 수도 있다. 그렇지만 그 안에서 나는 최선을 다했고, 그때의 선택과 결정이 최선이라고 믿었다. 물론 수많은 생명을 구했다고 해서 하나의 실수, 하나의 죽음이 정당화되지는 않는다. 그렇지만 끊임없이 자책하고 스스로를 암흑 안에 가두는 것 또한 어리석지 않은가.

몇 주가 지났다. 아기 엄마에게 전화를 걸었다. 한없이 밝은 엄마의 목소리에 연거푸 감사를 표하는 그녀의 따스함에 내 머릿속 어둠이 조금씩 걷히기 시작했다. 그는 내가 쏟은 정성과 마음 씀을 알아주었다. 덕분에 아기와의 시간을 조금이나마 가질 수 있었고, 함께할 수 있어서 잠시나마 행복했다고 전했다. 그에게도 '반짝이는 순간'이 병실 안에서 찾아왔음이 자명했다. 비록 의료기기와 장치가 주렁주렁 달린 아기였지만, 여느 아기처럼 가슴에 올리고 직접 피부를 부비며 느꼈을 몽글몽글한 감정. 가고 없는 아기이지만, 영원히 사라지지 않을 순간을 내가 엄마에게 선물했다. 병원 로비와 기도실 곳곳에 내 기도와 소망을 심어 놓았다. 아기 가족과 평화가 함께하기를, 작지만 영원할 반짝이는 순간들이 가족에게 위안이 되기를, 앞으로를 살아갈 힘의 원천이 되기를. 내가 가진 묘연한 향기의 기억이 그들의 뇌리에도 스치기를. 또 미래의 나도 언젠가는 내 자신에게 평화를 허하기를 바라고 또 바랐다.

하지만
의사도 사람이다

종종 삶과 죽음의 기로에 선 환자를 당면한다. 겉으로는 태연한 척 심폐소생술을 지시한다. 여러 가지 시술도 담담한 표정으로 거침없이 해낸다. 가느다랗지만 긴 봉을 휘두르는 지휘자처럼 연주자를 이끌어 살아 있는 생명이라는 아름다운 음악을 만들어낸다. 하지만 의사도 사람이다. 가끔은 시술 전에 심장이 쿵쾅거리고 손이 떨린다. 자주하는 시술이 아니면 두 손이 떨릴 때도 있다. 이를 아무도 눈치채지 않길 바라는 못난 내 모습을 발견하기도 한다. 이런 두려움은 당당한 자신감과 알맞은 균형을 이루어 더 단단한 결실을 이끌어내기도 한다. 약간의 조심스러움을 더하면 좀 더 나은 열매를 맺는다. 하지만 주저함을 끌어내거나 진보적인 결정을 내리지 못하게 하는 악영향을 끼치기도 한다. 결국 그 최종 결과를 고스란히 떠맡는 건 안타깝게도 환자다.

《성숙한 어른이 갖춰야 할 좋은 심리 습관》의 저자 류쉬안劉軒은 일을 완수하는 데는 능력도 중요하지만, 무엇보다도 '자신감'이 중요하다고 주장한다. 심리학자 앨버트 반두라Albert Bandura도 모든 사람은 자기효능감, '자신에게 어떤 임무나 행위를 수행할 능력이 있다고 믿는 기대와 신념'이라는 것을 가진다고 보탠다. 이 믿음을 바탕으로 일을 달성하고 성취 후에는 '통제감'을 느껴 다음에도 도전할 수 있게 된다고.

"솔직히 말해서 레지던트 과정 이후로 흉관 삽입술을 한 적이 없어요."

티파니가 담담하게 고백했다. '헉' 하고 놀랐지만 입은 닫고 귀만 열어두었다. 지난밤 티파니는 응급 상황을 해결해야 했다. 갓난아기의 폐와 흉부 벽 사이에 공기가 차서 호흡곤란이 일어난 것이다. 종종 일어나는 일이다. 가끔은 흉부에 바늘이나 튜브를 꽂아서 공기를 빼야 할 때도 있다. 우선 바늘로 공기를 뺐다. 그래도 공기가 계속 차올랐다. 결국 흉관을 넣었다. 한쪽 흉관은 잘 들어갔으나, 다른 한쪽은 완벽히 실패했다. 미미한 양의 피도 나왔다고 이실직고했다. 그런데 가슴에서 피가 차오르기 시작했다. 상태는 점점 악화되었다. 다음 날 동료가 흉관을 두 개나 넣어야 했다. 상당한 양의 피를 잃어 수혈도 여러 번하고 수액도 계속 넣었다. 승압제를 써야 할 지경까지 이르렀다.

작은 아기가 흉관 세 개를 가슴에 꽂고 인공호흡기를 달고 있었다. 내 가슴에는 흉관도 없는데 누가 투관침을 쑤셔 넣은 것처럼 에는 아픔이 느껴졌다. 아기 상태를 미루어보아 아마도 피 응고에 문제가 있었으리라. 그러나 티파니의 부족한 경험이 더 큰 문제였을 것이다. 상태가 좀 나아져서 흉관을 다 뺄 수 있었다. 한데, 악운의 화신은 다시 아기를 찾아왔다. 다시 공기가 차올랐다. 또다시 흉관을 넣어야 했다. 흉관 삽입술은 다른 시술에 비해서 통증이 확연히 크기에 최소한의 진통제를 쓰는 신생아중환자실에서도 약을 아끼지 않는다. 진통제를 좀 줄이고 있었는데, 흉관 삽관이 길어져 더 오래, 더 많은 양의 진통제를 아기에게 써야 했다. 속절없이 입원 기간까지 길어졌다.

중환자실에서 일하면서 직접 하는 시술도 많지만, 다른 이의 시술 과정을 직접 감독하기도 하고 그에 따른 결과를 듣기도 한다. 대부분 시술은 잘 흘러가지만, 실수 또는 악운이 겹쳐 좋지 않은 결과가 나오기도 한다. 그래서 어려운 시술을 하거나 이런 일을 보고 들을 때면 겁이 덜컥 난다. 나의 불찰로, 잘못된 시술이 직접적인 요인이 되어 작은 생명이 떠난다면? 깊은 슬픔과 극심한 두려움을 이겨낼 수 없을지도 모른다. 만약에 회복이라는 것을 하고, 다시 병원으로 돌아간다 해도 의사로서의 일을 잘 해내지 못할 수도 있다.

나의 멘토는 이런 고초를 토로하면, 내가 구한 생명의 숫자를, 내가 더 나은 인생을 가져다준 아기와 가족을 생각해보라고 한다. 과연 내가 구한 생명의 수가 하늘의 별만큼 많더라도 내가 유발한 하나의 죽음이 가려질 수 있을까. 이런 두려움 때문에 시술을 더 조심스럽게 해서, 결국 더 훌륭한 의사가 될지 아니면 이 공포를 이기지 못해 시술을 회피하거나 그 부담감이 과실을 부르는 날이 올지는 시간만이 알려줄 것이다. 세월이 흘러 퇴직할 즈음에는 이런 걱정이 기우였기를 바란다. 큰 실수를 범하지 않고, 아기의 솜털 하나도 다치게 하지 않았기를 소망한다. 온 힘을 다해 구한 생명과 지극 정성으로 보살핀 아기들 모두 다 건강하게 잘 자라기를 바란다. 내가 내민 따스한 손의 온기가 옮겨가 세상을 덥히는 아이들로 자라기를 매일 밤 기도한다.

물러나야 할 때를
안다는 것

새파란 빛이 병실 안을 꽉 채우는 것도 모자라 밖으로도 새어나오고 있었다. 외계인이 나타난다면 이런 광경에서일지도 모른다. 푸르른 광선이 두 눈을 멀게 할 것 같았다. 병실 안에는 광선 치료기 네 대가 케일리를 둘러싸고 있었다. 한참 동안 병실 안에서 파란 불빛을 온몸으로 맞아가며 일하던 간호사는 보호안경을 꼈다. 케일리를 처음 만난 저녁, 들어가자마자 너무 진한 빛의 향연에 눈을 질끈 감았다. 치료기를 하나둘씩 끄고 케일리를 바라보았다. 누가 병원 벽을 회색 페인트로 칠하다 실수로 아기에게 들이부은 듯한 모습이었다. 살아 있는 아기의 피부색이 시멘트 색을 띨 수 있다는 사실에 한 번 놀라고, 케일리 왼쪽 허벅지의 크기와 모양에 또 한 번 놀랐다. 코끼리 다리처럼 울퉁불퉁했다. 왼쪽 다리의 크기는 오른쪽의 두세 배 정도 되어 보였다. 회색빛을 띤 몸과는 달리 왼쪽 다리는 보라색에 가까웠다. 멍하니 넋을 놓고 바라보는 나를 동료가 툭치며 재촉하기 시작했다. 케일리의 빌리루빈 수치가 뇌를 위협할 수치를 넘어 계속해서 올라가고 있었다.

신생아는 보통 황달이라 불리는 고高빌리루빈혈증에 약하다. 어느 정도의 빌리루빈은 산화 방지제 역할을 한다. 엄마 배 속에 비해 높은 산소수치에 노출된 신생아를 도와준다. 그러나 너무 높아지면 뇌에 침투해 핵황달, 뇌손상을 초래할 수 있어 광선요법으로 치료해야 한다. 그래도 수치가 떨어지지 않으면 교환 수혈을 한다. 최대치의 광선용법에도 케일리의 빌리루빈 수치는 수직 상승을 지속했다. 결국 제대동맥정맥관을 넣었다. 동맥관을 통해 케일리의 붉은 피를 조금 뽑았다. 다시 정맥관으로는 그만큼의 새 혈액을 넣었다. 뽑고 넣기를 반복해 두어 시간쯤 지나자, 케일리 몸 전체 피의 두 배가 빠지고 그만큼의 새 혈액이 들어갔다. 케일리의 피 90퍼센트가 다른 사람의 피로 바뀌었을 것이다. 드디어 빌리루빈 수치가 내려오기 시작했다.

산부인과 의사는 케일리의 엄마, 제니퍼에게 초음파 검사에서 태아 왼쪽 다리가 유난히 커보인다고 염려의 말을 전했다. 몇 주가 지나자 초음파로 오른쪽 다리 세 배 정도 크기의 왼쪽 허벅지가 보이기 시작했다. 자기 공명 영상법MRI에서 보여진 왼쪽 다리는 한층 더 커져 있었다. 제니퍼는 임신 내내 불안에 떨었고, 출산 후에도 하루 만에 퇴원해 케일리의 곁을 지켰다. 케일리의 왼쪽 다리의 종양은 거대 혈관종으로 밝혀졌다. 빌리루빈 수치가 하늘을 찔러 새파란 광선으로 케일리의 온몸을 비추고, 그 여파로 케일리가 회색빛 아기로 변했을 때, 제니퍼의 울음은 멈추질 않았다.

케일리의 병명은 이름도 어려운 카사바흐메리트 증후군 Kasabach-Merritt Syndrome이었다. 거대 혈관종과 그에 따른 혈소판 감소, 혈액 응고로 치료하기가 까다로운 질환이다. 그래도 항암제로 잘만 치료하면 왼쪽 다리를 보존할 수 있을 듯했다. 다만 십만 명의 아이 중에 0.07명에게만 일어날 정도로 드문 병이라 의료진도 자주 볼 수 없는 질환이었다. 제니퍼는 누구보다 그 사실을 잘 알고 있었고, 우리 의료진을 좀체 신뢰하지 않았다. 늦은 밤, 케일리의 코에 흡입이 필요했다. 케일리의 혈소판이 낮긴 했지만, 간단한 흡입 기구로 코피가 나 몇 시간 동안 멈추지 않을 줄은 어느 누구도 몰랐다. 다음 날 아침, 이 사실을 안 제니퍼는 복도 한가운데서 비명과 고함이 섞인 큰소리로 이를 허락한 의사를 공격했다. 그렇게 제니퍼는 예상보다 더 큰 폭발 소리를 내며 터졌다. 사람이 분노와 절망으로 불타오를 수 있다는 것을 처음 알았다. 게다가 항암제의 종류와 용량을 바꿨는데도 왼쪽 다리의 크기는 좀처럼 줄지 않았다. 제니퍼의 불신은 점점 깊어만 갔다. 결국 보험 회사를 설득해 케일리를 전미에서 가장 유명한 소아병원으로 옮겼다.

코넬대학교 의과대학 교수 드루프 컬러 Dhruv Khullar는 의료에 있어서 의사와 환자 사이의 신뢰가 결정적이라고 말했다. 다만 지난 수십 년간 이들 사이의 신뢰가 점점 줄어 건강에 걸림돌이 된다고 염려를 표했다. 가끔 우리 병원 의료진을 불신하고 다른 병원으로 이송을 요청하는 가족을 마주한다. 이미 신뢰를 잃은 관계는 회복이 어렵다. 신뢰를 바탕으로 치료하고 돌보아야 할 아기와 가족이 우리 의료진을 떠나기를 원한다면, 나는 최대한 빨리 돕는다.

케일리도 그런 경우였다. 우리는 카사바흐메리트 증후군 전문가와는 거리가 멀었다. 소아혈액종양학과와 함께 우리 능력 안에서 최선을 다해 치료를 시도했다. 제니퍼도 그 사실을 알고 있었다. 작은 실수이기는 하지만, 우리는 분명히 케일리를 아프게 했고, 한참 동안 피가 흘렀다. 종양 치료도 진전이 없었다. 이런 경우, 우리는 전문가가 있는 곳으로, 제니퍼가 믿을 수 있는 의료진이 있는 곳으로 보내주는 것이 옳다. 가끔은 환자를 위해서 싸우는 것만이 의사의 직무가 아니다. 이형기 시인의 '낙화'의 유명한 구절처럼 가야 할 때가 언제인가를 분명히 알고 가는 이의 뒷모습은 아름답다. 내 환자가 나아질 수만 있다면야 축복 속에 헤어질 수 있다. 물러나야 할 때를 아는 것도 의사의 본분이자 가장 큰 덕목이다.

자신감과 오만함 사이

)

최악의 운을 타고난 아기가 병원으로 향했다. 몸도 마음도 얼어붙은 코로나19 팬데믹이 한창이었다. 비극적으로 추운 어느 겨울날, 약물 중독자 엄마는 어느 다리 밑 텐트 안에서 벤자민을 낳았다. 이틀 동안 약에 취해 벤자민을 돌보던 그녀는 아마 약 기운이 떨어졌을 때쯤 알았을 것이다. 여기서 아기를 키울 수 없다고. 응급실에 아기만 버리고 사라지는 다른 부모와는 달리, 엄마는 의료진의 질문에 정성껏 답했다. 마스크 위로 보이는 야위고 움푹 패인 눈으로 벤자민의 마지막 모습을 새기고 있었다. 손톱으로 긁은 상처와 주사기 자국이 공존하는 팔을 내밀어 피검사에 협조했다. 특유의 노숙자 냄새와 아기 울음소리가 오묘하게 버무려진 이상한 응급실의 전경이었다.

신생아실에서 양부모를 기다리던 벤자민은 쑥을 섞어 놓은 듯한 짙은 녹색을 토해냈다. 행여나 장이 꼬인 아기일까 염려되어 신생아중환자실로 옮겼다. 간단한 조영술로 위와 장이 정상임을 확인했다. 그런데 3일째 되는 날, 응급 심폐소생술을 요하는 중태에 빠졌다. 알고 보니 대동맥이 선천적으로 좁은 아기였다. 태아는 태반 덕분에 폐가 필요없기에 폐로 가는 혈류를 우회하는 폐동맥과 대동맥을 연결해주는 혈관이 있다. 태어나면 대부분 곧 닫힌다. 대동맥이 작은 벤자민은 그 혈관이 닫히자 쇼크 상태에 빠졌다. 병원 천장마다 코드 화이트(심폐소생술 환자가 소아일 경우 코드 화이트, 어른은 코드 블루)가 울려 퍼졌다. 빠른 처치로 목숨을 구했다. 병원에 있지 않았으면 백 퍼센트 죽었을 운명이었다. 그렇게 최악의 운이 행운으로 바뀌는 순간도 있었다.

이틀 뒤 당직을 서고 있었다. 벤자민이 삶과 죽음의 경계에 다시 섰다. 간호사와 호흡치료사는 벤자민의 산소 포화도가 갑자기 낮아졌고, 심장 박동이 느려졌다고 했다. 무엇보다 슬라임 같은 분비물이 입, 코, 또 삽관 튜브에서 계속 나오고 있었다. 서둘러 기존 튜브를 새 튜브로 교체했다. 이미 강심제가 여러 번 들어갔는데도 심장 박동은 오르락내리락했다. 그러다 벤자민의 생체징후는 겨우 다시 안정을 되찾았다. 큰 고비를 또 잘 넘겼다고 생각했다. 가장 큰 문제였던 진득한 가래를 입안과 기도에서 흡입하려고 다시 후두경을 넣었다. 순간, 내 눈을 믿을 수 없었다. 삽관 튜브가 식도에 들어가 있었다. 너무 상태가 중해서 서두른 것이 문제였는지 아니면 잘 들어간 튜브가 가슴 압박 중 오르락내리락하다 기도에서 빠져 식도로 들어간 것인지는 분명치 않았다. 침착하게 다시 제자리에 튜브를 넣었다. 가래도 다 뽑았다. 그러나 나의 잘못으로 벤자민이 죽을 뻔한 것은 변함이 없었다. 아기를 살려야 하는 의사가 실수로 아기를 죽일 뻔했다. 아니, 죽어가는 아기를 살리지 못할 뻔했다.

신생아의 경우, 심폐소생술 도중에 생체징후가 나아지지 않으면 바로 삽관 튜브를 뽑아 다시 기도 삽관을 한다. 아기는 대부분 호흡 문제로 위태해진다. 따라서 기도 삽관으로 호흡을 바로 잡으면 상태가 바로 좋아진다. 기도 삽관이 잘 되어 있는 데도 삽관이 잘못되었다고 생각해 튜브를 빼고 다시하면, 그 사이 시간이 지체되어 오히려 더 상태가 나빠질 수도 있다. 그래서 나는 무턱대고 기도 삽관을 다시 하지 않는다. 또 확실치 않다면, 삽관 튜브를 빼지 않고 후두경으로 위치를 먼저 확인한다. 가끔 하는 직접 후두 검사법으로 잘못된 삽관을 다시 한 적도 있다. 하지만 내가 한 기도 삽관이 잘못된 것을 본 적은 처음이었다. 어려운 기도 삽관을 나름 잘한다고 자부했다. 동료들이 실패한 기도 삽관을 손쉽게 한 적이 많았다. 그래서 너무 오만해졌을지도 모른다. 내가 직접 보고 삽관을 했고, 기도 안으로 내려간 튜브를 내 두 눈으로 확인했기에 의심조차 하지 않았다. 게다가 아기에게 심장 질환이 있기에 당연히 심장 문제로 중태에 빠졌다고 생각했다.

의사로서의 자신감은 중요하다. 모자라면 결단을 내리지 못해 환자가 죽을 수도 있다. 반면에 의사로서의 자신감이 넘쳐 오만이 되면 실수가 발생한다. 환자의 죽음과 직결될 수 있다. 분명히 의대 시절, 히포크라테스 선서를 올곧게 마쳤는데도, 여전히 부족한 의사가 되었다. 그가 남긴 명언처럼 인생은 짧고 의술은 길며, 기회는 날아가고 경험은 기만적이며, 판단은 어렵다. 바로 상황을 가다듬어 과오를 개선했어야 했다. 지난 경험은 잊고, 현실에만 집중해 옳은 판단을 내렸어야만 했다. 죽음과 줄다리기하고 있다고 여겼는데, 알고 보니 나의 미흡함과 씨름하고 있던 밤이었다.

밤이 점점 깊어지고 나의 부족함은 자꾸 길어졌다. 배지에 붙은 의사라는 이름이 갑자기 천근만근처럼 느껴졌다. 그 육중한 무게를 벗어나고 싶어 배지를 떼고 굼뜬 발을 옮겼다. 겨우 중환자실을 나서는데, 벽에 붙은 오늘의 의료팀 소개란에 익숙한 얼굴과 이름이 붙어 있었다. 환하게 웃는 얼굴이 나를 빤히 바라보고 있었다. 저 위에 붙은 내 얼굴은 웃는데, 내 눈 밑으로 촉촉함이 또르르 굴러갔다. 중환자실 곳곳에 붙어 있는 내 직함으로부터 자유로워질 수 없는 밤이었다.

> **덧** 벤자민은 신생아중환자실에서 흔한 감기 바이러스에 감염된 것으로 밝혀졌다. 방문하는 부모가 없으니 의료진에게서 옮은 경우였다. 코로나19 팬데믹이라 모두 마스크를 쓰고 깨끗이 손을 씻는 데도 불구하고, 어떻게 감기 바이러스가 옮은 것인지는 미제다.

나는 오늘도
가슴에 배지를 단다

'아, 여기 있고 싶지 않다.'

난생 처음으로 일하며 스친 생각에 화들짝 놀랐다. 수많은 고비를 넘기고 어찌할 수 없는 궁박한 상황을 마주해도 결코 느껴보지 못한 감정이었다. 어째서 이런 생각이 들었을까. 곰곰이 생각해보았다. 정성만 쏟고 정은 주지 않아야 하는데, 어쩌다 보니 정이 많이 든 아기를 돌보고 있었다. 왠지 지독하게 나쁜 일은 착한 사람들에게 더 잔인하게 다가오는 것만 같았다. 마음이 미어졌다. 너무나도 좋은 사람들에게 아기의 좋지 않은 경과를 전하고 결국엔 보내주자고 권유할 때 나도 함께 무너진다. 함께 시련을 겪으며 생긴 동지애와 시간으로 완성된 애정이 바탕이 되어 나도 어느새 그 가족의 일원이 된 것 같을 때가 신생아중환자실에서는 종종 생긴다.

어렸을 때는 간호사가 되기를 바랐다. 한때는 선생님, 학자도 꿈꿨다. 다음에는 의사로 진료를 바꾸었다. 처음에는 정신과를 원하다가 응급의학과, 내과도 잠시 고려했다. 결국 어여쁜 아기와 천사 같은 아이를 보는 소아과를 선택했다. 마지막으로 신생아중환자실에 안착했다. 가끔은 왜 좀 더 편한 직업, 수월한 과를 선택하지 않았을까 생각해본다. 병원에서 종종 당직을 서야 하는 나와 달리, 매일 같은 침대에서 편안하게 자는 내 의대 동기인 남편을 바라볼 때면, 더욱 그렇다(그런 그도 아주 가끔 받는 응급 호출로 내 단잠을 깨울 때가 있다). 그래도 이만큼 나를 행복하게 해주는 일이 있을까? 삶의 첫 발자국을 내딛는 작은 아기를 제일 처음 도와줄 수 있어서, 삶과 죽음 사이를 가로지르는 아기를 삶의 곁으로 조금씩 당겨줄 수 있어서 행복하다. 다만 그 힘이 부족해 결국은 죽음으로 치닫는 아기들을 안타깝게 바라볼 수밖에 없는 때가 있다. 또 슬퍼하는 아기의 가족을 안아줄 수밖에 없을 때도 있다. 그에 따른 슬픔도 또 온전히 내 몫이라서 눈물이 많은 내 얼굴이 자주 젖는다. 부정할 수 없고 도망갈 수도 없는 현실이다.

십대 후반, 아버지의 죽음을 받아들이지 못하고 부정 속에서 유효기간이 지난 슬픔을 오랫동안 잡고 있었다. 아기의 죽음을 만지고 슬픔 안에서 사는 사람들 속에 섞여 들어갔다. 그 속에 숨어 살다 보면, 나만 슬픈 것이 아님을 나만 극복하지 못한 것이 아님을 알 수 있었다. 나만 방관자로 남아 부정 속에 사는 사람이 아님을 확인하고 싶었는지도 모른다. 혼자

외로이 울다, 함께 울 수 있는 시공간이 펼쳐졌다. 내가 아니라 '우리'라면 그만 울 수 있을 것만 같았다. 내가 맞닥뜨린 죽음이 자꾸 나를 따라다녀 글을 쓰기 시작했다. 그러다 마침내 깨달았다. 왜 내가 죽음의 바다 한가운데 표류하고 있는지. 왜 매번 가족들과 함께 우는지, 슬픔에 며칠을 몇 달을 헤매는지. 나도 그들 중 한 명이기에, 그 마음을 알기에. 죽음을 극복하지 못했고 앞으로도 못할 사람들임을 알기 때문이다.

그들의 앞날에 얼마나 많은 눈물이 뿌려질지 잘 알고 있다. 어느 날 눈물이 모여 폭풍우가 되는 때가 올 것이다. 살아도 사는 것이 아닌 순간이 수도 없이 많을 것이다. 가슴이 사무치도록 아프고 고통스러울 것이다. 그 모든 감정의 늪에 빠져 허우적거린 나 자신을 보는 것 같아, 늘 모든 죽음이 힘겨웠다. 하지만 그들을 도와주고 싶었다. 나의 소중한 아기가 사라지더라도 누군가 함께 아파하고 울어준다면 위로가 되지 않을까. 나의 사랑이 다른 이에게도 의미가 있었다는 게 위안이 되지 않을까.

프로이드는 말했다. "삶을 유지하고 싶으면 죽음에 대비하라." 결국 나는 진정한 의미의 삶을 살고 싶었던 것이 아닐까. 매일 죽음을 마주하면서 삶의 기쁨을 노래하고 싶었던 것이 아닐까. 내가 구하지 못한 아버지의 생명을 작은 생명을 구함으로써 보속하고 있는지도 모른다. 그러다 실패한 임무가 어떤 이에게 지옥이 되었을 때, 나도 겪은 지옥이라 기꺼이 동반자로 걸어 들어가는 것은 아닐까.

부모를 잃은 슬픔과 아이를 잃은 슬픔이 비교가 되지 않는다는 것은 알고 있다. 슬픔의 깊이나 강도를 비교하는 것 자체가 죽음의 경중을 견주는 것 같아 사리에 맞지 않다. 그럼에도 불구하고 나의 깊은 슬픔도 그들의 슬픔에 비하면 아무것도 아니라는 것을 보고 싶었는지도 모르겠다. 울고 싶은데 울 핑계가 없어 그 이유를 찾으면서 살고 있는 것인가. 나도 모르는 복합적인 이유로 신생아중환자실 한가운데 서 있다. 내가 죽음을 찾아 이곳으로 걸어 들어왔는지 아니면 아기를 예뻐한다는 이유로 이곳에 오게 됐는지 확실치 않다. 그러나 이곳에서 부름을 받은 것은 틀림없다. 가족과 함께 울고 고통 속에 밤낮을 보내도 다시 내 발길을 이끄는 곳은 오직 하나, 신생아중환자실이다. 내가 놓치는 손보다 붙잡은 작은 손이 많아서, 나의 성심으로 살아나 당찬 미래로 나아가는 아기들이 많아서. 그래서 다시 가슴에 배지를 단다.

제2부

누구도
혼자

죽어서는
안 되잖아요

죽음을 예약한
탄생

차가운 수술실에 누운 엄마의 생살이 메스로 날카롭게 잘려나갔다. 선홍빛 피가 순식간에 흘러내린다. 노란 버터 빛깔의 지방층을 지나자 벌건 근육이 고개를 내민다. 근육의 결대로 복근이 갈리고 분홍색 아기집이 드러났다. 다시 메스로 얇게 베자 선명한 빨간 피가 배어나왔다. 산부인과 의사 손이 자궁 안으로 쑥 들어간다. 아기 머리가 드디어 세상 밖으로 나왔다. 어둡고 따뜻한 엄마 배 속이 아닌, 시리도록 하얀 수술실 조명 아래서 아기는 온 힘을 다해 울었다. 마치 자신의 탄생을 세상이 몰라줄까 목숨 걸고 울고 있었다. 울음에 맞춰 얼굴 근육 하나하나가 맹렬하게 부르짖었다. 서늘한 수술실이 그 울음의 파장에 팡 하고 터질 것 같았다. 지금 이곳은 수술실이 아니라 전쟁터, 아니 사지死地의 모습이었다.

그런데 이상하게도 아무 소리가 들리지 않았다. 누군가 내 머릿속 음성 소거 버튼을 꾹 누른 것 같았다. 아기는 다시 한번 큰 숨을 들이켰다. 모든 생명체는 생을 향해 나아가도록 설정되어 있다. 이 아기도 살고자 힘을 모아 숨을 쉬었다. 다시 정적이 흘렀다. 아기 엄마에게 연결된 모니터에서 '띠띠'

알람 소리가 드문드문 났다. 산부인과 의사는 침묵 속에 수술을 마무리했다. 이따금 쟁그랑쟁그랑 철제 쟁반을 치는 수술 도구 소리만이 적막을 깼다.

고통스럽게 울던 아기는 곱게 싸여 아빠에게 건네졌다. 아빠는 방역복을 입은 채 작은 의자에 앉아 아기를 받았다. 온몸을 덜덜 떨며 엄마 곁을 지키고 있었다. 수술대에 십자 모양으로 묶여 있던 엄마도 고개를 돌려 아기를 눈에 담았다. 엄마 얼굴이 아기가 방금 짓던 표정과 닮아 있었다. 이제 아기 얼굴에는 표정이란 것이 존재하지 않았다. 희미한 생의 기색조차 없었다. 새파란 외과용 가리개 천과 아기의 얼굴색이 한데 뒤섞였다. 아직도 따스할 심장이 간간이 뛰는 아기를 아빠는 꼭 안았다. 누군가 아기를 훔쳐갈세라, 누군가 아기를 해칠세라 꼬옥 안고 있었다.

아마 죽음의 천사가 곧 아기를 데려가리라. 몇 분 몇 초 남지 않은 아기의 생이 연장될까, 아빠는 잠시라도 아기를 죽음에서 끌어내리고 싶은 듯 보였다. 그러나 아기는 울다 지쳐 죽음을 향해 빨려가듯 날아갔다.

"혹시 나중에라도 궁금한 게 있거나 필요한 게 있으면 꼭 알려주세요."

아빠의 갈색 눈이 흐릿하게 더 연해졌다. 눈물이 그렁그렁 맺힌 아빠의 눈 밖으로 비가 흘렀다. 젖은 마스크에 가려진 입술이 지진이 난 것처럼 들썩였다.

"뭐가 필요할까요? 그걸 내가 알 수나 있을까요? 나중에 뭐가 필요할지, 지금은 모르겠어요."

이제는 내 목구멍에 지진이 났다. 위가 조이는 것 같았다. 꼬박 하루를 굶어 아무것도 없는 위에서 위액이 솟구쳤다. 그래도 의사로서 내 임무를 다해야 했다.

"혹시 의문이 생기거나 다른 도움이 필요하면 간호사를 통해 알려주세요. 제가 할 수 있는 일이면 최선을 다할게요."

아기의 죽음 뒤의 절차가 궁금하거나 의학적·사회적 도움이 필요할 수 있기에 문은 열어둬야 했다. 자식 잃은 부모에게 위로란 본래 있을 수가 없다지만, 나 역시 시도조차 하지 않는 부모 중 하나로 남겨둘 수는 없었다.

"귀한 아기를 잃게 돼서 너무 미안해요. 아기가 너무 예뻐요."

위액이 긁고 지나간 목구멍에서 나온 소리는 마치 수술 도구가 철제 쟁반을 긁는 소리 같았다. 아빠의 눈에서 더 많은 비가 뿌려졌다. 내 목소리도 마구 떨렸다. 떨리는 목소리에 울음기가 섞여 들어갔다. 나의 진심과 온기가 전해지길 바라며 아기와 아빠를 동시에 안았다. 아기가 조금 더 따뜻해질지도 모르니까.

비릿한 피 냄새와 소리 없는 울음의 진동, 폭포같이 떨궈지던 눈물이 뒤섞인 수술실을 나왔다. 수술을 마친 산부인과 의사와 나는 말이 없었다. 마스크 너머로 생이 곧 죽음임을 목도한 방관자의 눈빛을 교환했다. 수술실 밖 의국의 공기는 마치 아기의 짧은 생을 애도하듯 고요하고 쓸쓸했다.

죽음의 반대말은 출생이다. 그 둘을 동시에 맞는 비극, 죽을 운명을 안고 태어난 아기가 있다. 가끔 바라만 보는, 살리지 못하는 의사가 될 때가 있다. 20주 차 초음파 검사로 비운의 사형선고가 내려진 아기. 배와 가슴 사이를 분리하는 횡격막이 잘 자리 잡지 못해, 구불구불한 장이 위와 함께 가슴을 가득 채우고 말았다. 풀이 죽은 풍선처럼 폐는 잘 크지 못했다. 의사들과 충분히 상의한 부모는 아기를 낳은 뒤 자연스럽게 보내주기로 결정했다. 어떤 꽃은 피자마자 진다. 생과 양립할 수 없는 허파를 가진 아기는 나오자마자 다시 돌아갔다.

살려고 숨을 쉬지만 위와 장으로 공기가 가득 차 그 작은 폐를 더 눌렀다. 살려고 쉬는 숨이 죽음을 불러들이는 아이러니라니. 가뜩이나 덜 발달한 폐포로 산소를 공급할 수 없는 아기는 금방 숨을 거뒀다.

강렬한 표정과 달리 묵음의 울음을 내지르던 아기 얼굴이 뇌에 흩어져 문신처럼 박혔다. 수많은 아기가 같은 표정으로 나를 만났다. 아기가 자라 "엄마! 아빠!" 하고 부를 수 있게, 그들이 엄마, 아빠로 남을 수 있게 돕는 사람이 나다. 그 자연스러운 일을 거드는 것이 나의 직업이다. 도울 수 있어 직업적 소명을 넘어 행복한 순간이 더 많았다. 아기를 죽음의 바다에서 건져내는 그물이 되고 싶었다. 그 괴로움을 끝내주고 싶었다. 가끔은 아기가 너무 작아 그물망을 빠져나간다. 그럴 때면 죽음의 파도가 아기를 삼키는 것을 지척에서 봐야 했다. 할 수 있는데 할 수 없어서, 그 파도의 물결이 더 세차게 몰아쳤다. 부모가 옳은 선택을 했다는 것을 머리로는 알았다. 그럼에도 불구하고 내 눈앞에서 펼쳐지는 고통의 향연에 숨이 멎었다. 물론 내가 기도 삽관을 하더라도 어차피 짧은 시간 내에 죽을 아기였다. 연장된 시간보다 더 큰 통증이 뿌려질 뿐이었다. 그들에게 필요한 게 있으면 알려달라는 청을 하면서 불현듯 알았다. 이 부모에게 정작 필요한 것은 줄 수 없음을. 나에게는 두 아이가 있고 수많은 추억이 있다. 야속하게도 그들에겐 하나도, 한 시간도 허락되지 않았다.

누구도 혼자 죽어서는
안 되잖아요

컴컴한 병실에 들어서자 니콜이 고개를 들었다. 입술을 앙다문 채 물기 가득 찬 눈으로 한동안 서로를 말없이 바라만 봤다. 니콜의 품에는 1킬로그램도 채 안 되는 손바닥만한 아기가 안겨 있었다. 떨리는 손을 겨우 뻗어 가녀린 니콜의 어깨를 감쌌다. 꺼진 모니터 옆에 걸린 청진기를 가슴에 올렸다. 두 눈을 감고 숨을 죽였다. 아기의 가슴과 내 귀만 오롯이 존재하는 세상이 펼쳐졌다. 아득하지만 드문드문 심장 소리가 들렸다. 둡… 둡둡…. 마지막이 될지도 모르는 심장 소리는 그 희미함마저 옅어지고 있었다.

얼마나 시간이 흘렀을까. 뜨고 싶지 않은 두 눈을 떴다. 여전히 아기 곁에는 둘뿐이었다. 애니메이션 〈업up〉에 나오는 풍선집 간호사복을 입은 니콜 그리고 남색 수술복을 입은 나. 긴 침묵을 깨고 바싹 마른 입술을 가까스로 뗐다.

"아직 심박수가 있어요. 니콜, 괜찮아요?"

푸르다 못해 회색빛이 감도는 그의 눈이 나를 가만히 바라보았다. 눈을 깜박이자 또르르 눈물이 고여 나왔다. 어느 누가 죽음을 목전에 두고 괜찮을 수 있을까. 지구상에서 가장

우둔한 자의 질문이었다. 잠시 곁을 지켰다. 두터운 정적을 깨우는 무선호출기의 비명에 병실을 나섰다. 10분 전까지만 해도 아기의 부모, 조부모, 그리고 네 살배기 형은 병실에 있었다. 이 가족은 무심히 아기와 마지막 인사를 나눈 뒤 그길로 병원을 떠났다.

24주 차에 태어난 아기는 다른 초미숙아와 다름없이 롤러코스터 같은 병원 생활을 이어갔다. 죽을 둥 살 둥 아프기도 했다. 최근에는 안정적인 상태를 꽤 오래 유지했다. 그래서 배가 조금 부풀어오르고 작은 구토를 해도 크게 걱정하지 않았다. 낮은 경사로를 달린다 생각했을 때, 롤러코스터는 다시 급하강하기 시작했다. 괴사성 장염은 주로 초미숙아에게 생기는 질환이다. 양호한 상태로 모유나 분유를 공급받으며 잘 크다가도 부지불식간에 아기를 덮친다. 처음엔 미미한 증상으로 시작하지만 곧 무시무시한 이빨을 드러내며 생명을 위협한다. 아기의 배는 점점 더 팽창했다. 작은 배 위로 거미줄 같은 정맥이 또렷이 보였다. 얇은 피부를 통해 푸르뎅뎅한 장이 훤히 보였다. 응급수술이 필요했다. 급하게 멸균천을 두르고 병실에서 수술을 감행했다.

한달음에 달려온 소아외과의가 배를 갈랐다. 반쯤 죽은 장만이 그의 얼굴을 말갛게 바라보고 있었다. 살릴 수 있는 장은 없는지 손가락으로 소장, 대장을 꼼꼼히 훑고 또 훑었다. 보랏빛 장, 거무튀튀한 장만이 아기의 운명을 고스란히 보여줬다. 살릴 방도는 없었다. 결국 아무것도 해보지 못하고 속절없이 배를 닫아야만 했다.

밖에서 기다리던 가족에게 그는 만지고 본 것을 가감없이 전했다. 예상외로 가족은 담담했다. 아기가 더는 고통에 시달리지 않도록 편하게 보내주기로 했다. 직계가족과의 마지막 인사를 권했다. 그런데 가족이 인사만 하고 그냥 가버릴 줄은 꿈에도 몰랐다. 이 가족만의 슬픔을 표현하는 방법일까, 다른 방식의 애도일까. 혹시나 무심한 질문으로 상처가 될까 차마 묻지 못했다. 어째서 죽어가는 아기를 혼자 두고 가느냐고.

가족이 가버렸다고 하자 니콜은 두 귀를 의심했다. 나는 떠나는 그들의 옷자락을 차마 잡지 못했다. 아기를 그냥 두고 병실을 비울 수도 없었다. 결국 니콜이 아기를 안고 병실에 남았다.

"누구도 혼자 죽어서는 안 되잖아요. 내가 몇 주간 돌본 아기인데, 홀로 죽게 내버려둘 수는 없어요."

니콜은 세 시간 동안 아기를 안았다. 이후 함께 자리를 지키던 나와 간호사 몇몇을 제외하고는 아무도 아기를 찾지 않았다. 임상철학가 와시다 기요카즈鷲田清一는 저서《듣기의 철학》에서 말기 간호의 본질은 받는 치료가 아니라 누구와 함께 죽음을 맞이하느냐에 달렸다고 해석했다. 말기 간호의 본질을 꿰뚫은 진정한 의료인은 니콜이란 생각이 들었다.

서너 번에 걸쳐 아기 가슴에 귀를 기울였다. 이내 어렴풋이 들리던 소리마저 사라졌다. 아기는 죽었다. 아니, 내가 아직 사망 선고를 내리지 않았으니 죽지 않았는지도 모른다. 사망 선고를 내리기 전 보통 2분 정도 청음을 한다. 알 수 없는 감정이 자꾸 복받쳤다. 청진기를 내려놓지 못하고 한참 동안 서 있었다. 눈가가 시큰해지다 못해 아려오기 시작했다. 가슴에 달린 의사 배지가 자꾸 나를 재촉했다. 세상에서 가장 꺼리는 말을 읊조리듯이 내뱉었다.

"Time of death, 22:38." (사망 시각, 22시 38분.)

허공에 뿜은 다섯 단어로 아기의 짧은 생이 막을 내렸다. 가만히 안긴 아기의 얼굴이 처연해 우리는 숨죽여 울었다. 마지막 순간을 가족이 아닌 의료진의 품에서 맞은 아기가 안타까워 눈물이 멈추지 않았다. 지상에서의 시간을 더 늘리지 못해, 남몰래 구슬픈 눈물로 빌었다.

　마지막엔 결국 혼자라는 혹독한 인생의 단면을 엿본 것 같았다. 그게 작은 생명에게 일어난 일이라 한 엄마로서 부끄러웠다. 잠시나마 아기의 엄마가, 의사가 되어 주려 했다. 둘다 완벽하게 실패한 서글픈 밤이었다. 그나마 아기의 마지막 순간이 따뜻한 니콜의 품 안이라서, 나는 그 컴컴한 방에서 빠져나와 다른 병실로 향할 수 있었다. 내가 위로해야 할 피를 나눈 자들, 아니 피도 눈물도 없는 자들이 없어서 다행스럽기까지 했다. 온몸에서 모든 피와 물이 빠져나와 어느 누구도 위로해줄 에너지가 한 톨도 남아 있지 않았다.

의사 가운을 벗고
한 사람이 되어

"우리, 제발 그만해요."

간호사가 내게 외쳤다. 벌써 세 번째다. 벌겋게 달아오른 얼굴이, 차가운 말이 나를 향해 다가왔다.

"심박수가 40~60 정도이지만 아직 심장이 뛰고 있어요. 심박수가 저리 낮은데도 아기는 자가 호흡을 가끔 하고, 종종 움직이고 있습니다. 그래서 멈출 수 없어요."

의학적인 이유만으로는 충분치 않았다. 더 큰 의미에서 심폐소생술을 하는 이유가 필요했다.

"우리 모두 다 알아요. 제이슨에게 미래가 없다는 것을요. 우리는 지금 가족이 마지막 순간을 함께하도록, 제이슨을 안고 보내줄 수 있도록 시간을 버는 겁니다. 이의가 있으면 지금 말하세요."

침묵이 이어졌다. 모두 알았다. 살아 있는 아기에게 치료를 멈출 수 없다는 것을. 그리고 아직 가족이 도착하지 않았다는 것도.

"에피네프린 다시 투여하세요. 흡입 시간을 조금 더 길게 해서 앰부백 짜주세요."

벌써 한 시간 넘게 심폐소생술을 하는 중이었다.

제이슨은 초미숙아로 1킬로그램 조금 넘게 태어났다. 다른 초미숙아처럼 혈액의 산성 수치가 꽤 높았다. 보통 신장 기능이 원활하지 못해 일어나는 일이다. 무슨 연유인지 동료 의사는 암모니아 검사를 지시했다. 가끔 대사장애를 의심해 혈액 내 암모니아 수치를 잰다. 간단한 피검사에서 암모니아 수치가 300이 넘었다. 이 검사 결과로 혹시나 있을지 모르는 질환을 찾기 위해 유전학과에 협진을 요청했다. 그전에도 비슷한 경우를 본 나는 알았다. 분명히 잘못된 결과라는 것을. 암모니아 검사는 피검사 튜브를 얼음컵에 넣어 차가운 상태로 운반해야 한다. 그 상태로 바로 검사를 해야만 정확하다. 전원을 요청한 동료 의사를 설득했지만, 그는 세 번이나 피검사를 반복했다며 유전학과의 협진을 이유로 전원을 고집했다. 다시 시간을 되돌릴 수 있다면 마지막 순간이 달랐을 텐데. 아기가 그 병원에 남았다면, 가족과 함께할 수 있었을 테니까.

지난밤 제이슨이 도착했다. 태어나고 사흘밖에 되지 않았는데도 마른 스펀지처럼 쪼그라들어 있었다. 몸무게는 1킬로그램이 채 안 됐다. 언뜻 봐도 눈 사이가 멀고, 납작하고 뭉툭한 코가 눈에 띄었다. 귀도 낮고 뒤로 살짝 돌아가 있었다. 양발에는 각각 여섯 발가락이 달렸다. 그래도 상태가 나쁜 편은 아니었다. 열두 시간이 채 되지 않아 폐출혈이 있으리라고는 누구도 생각지 못했다.

아침 6시 30분, 전화가 슬피 울었다. 자리에서 벌떡 일어나 최고 속도로 달렸다. 병실에 들어서니 열 명이 넘는 의료진이 제이슨을 둘러싸고 있었다. 모니터를 보니 심박수는 바닥으로 치닫고 산소 포화도는 읽히지 않았다. 황급히 기도 삽관을 하니 겨우 심박수가 올랐다. 산소 포화도도 오르고 있었다. 한숨 돌렸다. 그런데 심박수가 다시 내려갔다. 피하고 싶은 가슴 압박을 해야 했다. 조금 나아지다가도 다시 생체징후가 곤두박질쳐, 다시 소생술을 시작하고 멈추기를 반복했다. 삶과 죽음의 경계에서 힘든 줄다리기가 이어졌다.

제이슨의 부모는 전화를 받지 않았다. 도움을 요청해 경찰을 집으로 보냈다. 알고 보니 엄마는 아직 병원에 입원해 있었다. 아빠는 차가 없어 바로 올 수 없다고 했다. 다시 시들어가는 제이슨을 붙잡고 어떻게든 버텨야 했다. 제이슨도 엄마, 아빠를 기다리고 있는 것 같았다. 초미숙아가 이렇게 낮은 심박수를 유지하면서, 숨도 가끔 쉬고 드물게 움직임까지 보이는 것은 두 눈으로 보고도 믿기 힘들 지경이었다. 두 시간쯤 지났을까. 더 이상 어떤 움직임도 보이지 않았다. 어디쯤 왔냐고 물으니 출발조차 못했다는 소식이 들렸다. 이어서 아주 많은 양의 피가 제이슨의 입과 코에서 뿜어져 나왔다. 작은 배 안에도 피가 차올라 심장 압박조차 제대로 되지 않았다. 그나마 유지하던 심박수가 뚝뚝 떨어지는데도 부모는 오지 않고 있었다.

"사망 시각, 8시 31분."

간신히 뱉은 말이 병실 안을 채웠다. 사만사가 분수 물줄기 같은 울음을 터뜨렸다. 아침 7시에 출근하자마자 바로 피 튀기는 현장에 투입된 간호사였다. 방금 만난 아기의 죽음에도 눈물을 흘리는 가슴 따뜻한 사람이었다. 사만사가 곁에 없는 엄마를 대신해 제이슨을 자기 가슴에 품었다. 우는 아기 어르듯 등을 가만히 토닥거렸다.

"아기가 불쌍해서 어떡해요."

이미 떠난 아기를 달래며 흐느꼈다. 부모의 품이 아닌 의료진의 품에서 죽는 아기를 보는 일은 다섯 손가락으로 꼽을 수 있을 정도로 흔치 않다. 정신줄을 부여잡고 두 시간 내내 내달렸던 나도 결국 무너졌다. 뜨거운 무엇이 단전에서부터 올라왔다. 병실 안에 있던 모든 의료진이 울었다. 슬픔의 몽우리가 곳곳에 피어 복도에서도 곡소리가 울려퍼졌다.

양손을 벌려 제이슨을 건네받았다. 그의 온기가 내 손안에 퍼졌다. 그 온기처럼 내 마음도 제이슨에게 가닿았으리라.

'제이슨! 엄마, 아빠가 너에게 허락된 시간 안에 오지 못해 미안해. 너를 구해주지 못해 미안해.'

한 시간쯤 지나 제이슨의 부모와 할머니, 이모가 병원에 도착했다. 눈물이 멈추지 않았다. 이 상태로는 도저히 부모와 이야기를 나눌 수 없었다.

'그만해, 이제 다시 의사가 될 시간이야. 정신 똑바로 차려. 넌 의사니까, 의사의 임무를 마쳐야지.'

끊임없이 되뇌어야 했다. 떨리는 목소리로 제이슨의 가족에게 일어난 일을 설명했다. 병원에서 제공할 수 있는 모든 서비스도 알려줬다.

"마지막 순간에 저희가 함께 있었고 따뜻하게 안아서 보내줬어요. 제이슨은 죽는 순간에도 혼자가 아니었어요."

그 말을 마치고 의사 가운을 벗어 한 사람으로, 한 엄마로 돌아와 제이슨의 엄마를 부둥켜안고 함께 울었다.

'크로노스'는 그리스어로 양적인 시간이라고 한다. 영원한 질적인 시간은 '카이로스'. 오로지 한번만 일어나지만 그 후엔 모든 것이 달라지는 시간, 나는 카이로스를 그렇게 경험했다. 제이슨의 마지막 순간을 조금이라도 늦추려 온 힘을 쏟았다. 제이슨의 크로노스는 늘리지 못했지만, 부족한 나에게도 조금 늦은 그의 가족에게도 카이로스는 찾아왔다. 그 후에도 나는 제이슨의 가족들과 긴 통화를 이어갔다. 제이슨의 엄마는 갑작스런 아기의 죽음 뒤에 찾아온 감정의 해일 앞에서 자꾸만 무너졌다. 나는 그저 듣기만 했을 뿐인데, 어느 날 그녀에게 또다른 카이로스가 찾아왔다. 이제는 제이슨을 보내줄 수 있을 것 같다고. 그녀도 나도 변해간다. 울고 후회하고 성장을 거듭하며.

네가 아프지 않았으면
좋겠어

☾

"안녕하세요. 잘 주무셨어요? 우리 아기 새뮤얼도 잘 잤죠?"

경쾌하게 인사를 나누며 안으로 들어섰다. 병실에는 다른 신생아중환자실과는 달리 하얀 철재로 만든 커다란 아기 침대가 놓여 있었다. 백일이 지나 7킬로그램은 족히 넘어 보이는 새뮤얼이 누워 있었다. 아기 볼은 잘 익은 사과처럼 싱그럽고 빨갛게 빛났다. 환한 햇빛이 병실 안을 쨍하게 비췄다. 부자가 서로를 사랑스러운 눈빛으로 바라보니, 온 방이 훈훈해지는 느낌이었다. 아름다운 전경이었다. 인기척을 느낀 스미스 씨가 천천히 고개를 들어 내 눈을 응시했다.

"새뮤얼 지금 경련 중이에요."

담담하게 말하는 그의 말에 슬픔의 향이 진하게 녹아 있었다.

새뮤얼은 '유아성 경련'이라는 심각한 질환을 앓고 있다. 태어난 지 12개월 전후인 아기가 뇌전증을 앓으면 이런 병명이 붙는다. 팔다리 모두 고르게 굳어지면서 짧게 움찔대는 움직임이 특징이다. 1만 명 중 한두 명만 걸리는 드문 병으로 보통 유전 질환이 요인이다. 그렇지만 출생 전후로 뇌가 다치면 발병하기도 한다. 경과는 치명적이다. 죽을 확률도 높지만, 살아남더라도 뇌가 제 기능을 할 확률이 현저히 낮기 때문이다. 여러 치료법(스테로이드, 항경련제, 저당식단 등)으로 완치도 가능하지만 대부분 심각한 발달 지연과 퇴행, 뇌전증을 동반한다.

새뮤얼의 몸에 손을 가만히 얹었다. 아빠를 지긋이 바라본다고 착각할 만큼 새뮤얼은 아빠를 뚫어지게 쳐다봤다. 새뮤얼의 뇌에서는 짧고 강력한 뇌파가 계속 일어나 팔다리가 굳게, 움찔거리게, 또 한곳을 응시하게 만들었다. 아빠는 멍하니 바라보는 새뮤얼과 눈을 맞추려 애썼다. 나를 바라볼 수 없는 내 아이의 눈빛을 참아내기란 얼마나 힘든 일인가. 아이의 눈이 나를 담아도 인지할 수 없다니…. 계속 움찔거리는 아기에게 해줄 수 있는 게 없는 부모 마음은 얼마나 참담할까.

아기가 발작 증세를 보이면 주저하지 않고 치료에 임하는 것이 정석이다. 그러나 유아성 경련 환자라면 상황이 달라진다. 사실, 경련을 보이는 아기에게 잠시 움직임을 멎게 하는 발작 치료약은 임시방편일 뿐 그다지 의미가 없다. 이미 대부분의 항경련제, 항간질제는 쓰고 있었다. 발작을 멈추는 약을 투여해도 움직임은 잠시 멈출 뿐이다. 더 강력한 치료제를 써서 당장은 그치게 하더라도, 새뮤얼은 의식을 잃고 깊은 잠에 빠지게 된다. 경련은 아기의 한 부분이나 마찬가지여서 지금 보이지 않아도 다시 돌아온다. 반창고 같은 치료가 무슨 의미가 있겠는가. 고요한 병실 안의 침묵이 묵직하게 이어졌다. 스미스 부부와 나는 아이의 머리에 팔다리에 또 배 위에 손을 얹고 차마 말을 잇지 못했다.

'새뮤얼, 네가 아프지 않았으면 좋겠어.'

'빨리 나아서 아빠와 엄마의 사랑에 웃는 날이 오면 좋겠어.'

가슴에서 쏟아진 말이 내 손을 타고 새뮤얼의 머리까지 이어지기를 간절히 바랐다.

스미스 부부는 신경과 상담을 받은 뒤 우는 일이 잦아졌다. 나는 눈물 닦을 화장지를 건네는 일밖에 할 수 없었다. 누구라도 이런 병명과 예후를 듣는다면, 그리고 그에 따른 미래를 상상한다면, 암담한 마음밖에 없을 것이다. 스미스 부부는 병원에서 살다시피 하며 새뮤얼 곁을 지켰다. 얼마 뒤, 테스트가 필요해 아기 등에 바늘을 넣어 척수액을 뽑아야 했다. 병실에 가니 새뮤얼은 엄마 품에 편안히 안겨 있었다.

"오늘은 새뮤얼을 꼭 안아주고 싶어요. 가능하면 온종일 제가 안고 있을래요."

간절해 보이는 엄마의 눈빛에 차마 안 된다고 할 수 없어 테스트를 미뤘다. 잠시나마 눈물로 젖은 얼굴에 안도의 장밋빛이 돌았다.

"걱정하지 마세요. 내일이나 내일모레 해도 치료나 진단에 큰 무리가 없을 거예요."

주저하는 부모를 안심시키고 병실을 나섰다. 닫힌 문 뒤로 흐느낌이 멈추지 않았다. 복도 창밖으로 햇살이 부서져 조각조각 들어왔다. 성큼 들어온 햇살이 새뮤얼의 미래에 희망이 되어 줄지, 그 햇살만큼 새뮤얼의 시간도 사라지는지는 알 수 없었다. 햇살 한 조각에 내 희망과 다른 한 조각에 새뮤얼의 보이지 않는 꿈을 달아 띄워 보냈다. 저 하늘 위로는 기묘하게도 회색빛 구름과 새하얀 구름이 서로의 주위를 맴돌고 있었다. 마치 우리의 눈물이 증발해 먹구름이라도 된 것처럼.

새뮤얼의 경련이 한참 이어지던 어느 날이었다. 다른 응급 상황에 호출돼 잠시 새뮤얼과 가족 곁을 떠났다. 다시 돌아오니 신생아중환자실에서 단 한 번도 본 적 없는 장면이 연출되고 있었다. 긴 경련을 보다 못한 엄마가 새뮤얼의 작은 침대에 들어가 몸을 웅크리고 누워 아이를 뒤에서 꼭 안고 있었다. 세상 모진 풍파 다 내가 막아줄 테니, 행복하라는 엄마의 뒷모습이었다. 쓰디쓴 아픔이 그의 등을 타고 고스란히 전해졌다.

"치료약, 이제 그만 줄까요?"

이타심을 가장한 이기심의 말이 나오려다 들썩이는 엄마의 어깨 속도만큼 빠르게 들어갔다. 새뮤얼은 계속 경직되는 다리와 움찔대는 팔을 휘저으며 보이지 않는 무언가와 싸우는 듯했다. 엄마는 그 고독한 싸움을 옆에서 지키며 새뮤얼을 가만히 안아주고 있었다. 황제펭귄이 몇 달을 쉬지 않고 알을 품는 것처럼. 부화 성공률도 일 년 생존율도 낮지만, 혹독한 남극 기온과 매서운 눈보라를 함께 견디듯이. 아름다운 엄마의 뒷모습에 무력함이 더해져 아픔만 선명하게 떠올랐다. 누구도 보지 않으면 좋았을, 어떤 엄마도 겪지 않으면 좋았을 뒷모습이었다.

주워 담을 수 없어서
더 마음 아픈

전원 신청이 왔다. 미국은 응급이 아니면 보험에 따라 갈 수 있는 병원이 정해지기도 한다. 전원을 요청한 A병원은 우리 병원과 보험 연계가 없어 전원 요청은 가뭄에 콩 나듯 드물었다. 이 경우 둘 중 하나다. 아기가 심각한 상태라 4차 병원이 필요하거나, 아니면 아기 상태가 불안정해서 보험이 연계된 3차 병원까지 전원이 힘들거나.

아기가 많이 아프다는 것은 명백했다. 구급차를 타고 최대한 빨리 A병원에 도착했다. 두 달 이상 빨리 나온 쌍둥이였다. 한 명은 괜찮은데 다른 한 명의 생체징후가 심상치 않았다. 침대 옆에 주렁주렁 달린 줄로 끊임없이 치료액이 들어가고 있었다. 무엇보다 폐혈관의 압력이 높아 산소 공급과 가스 교환이 거의 되지 않았다.

아기 아빠는 우리와 함께 갈 수도 있다. 하지만 엄마는 제왕절개를 한 터라 그럴 상태가 아니었다. 신생아중환자실에 올라와 직접 아기를 보지도 못했다. 아기 상태가 너무 좋지 않아서 구급차로 옮기는 전원이 망설여졌다.

누군가 내게 최악의 죽음을 꼽으라면, 구급차 안에서 혼자 맞는 죽음이라 말할 것이다. 아빠에게 아기 상태를 설명하고 앞으로의 치료 방향과 좋지 않은 예후를 전했다. 한참을 무표정으로 듣던 아빠는 간절한 목소리로 내게 물었다.

"이 아기가 선생님 아기라면 어쩌시겠어요?"

자주 듣는 질문이다. 어떤 선택이든 쉽지 않다. 만약 다른 의사였다면 어떤 대답을 했을까. 주저함을 잠시 내려두고 포기하고 싶지 않은 마음을 전했다.

"아마 전원을 할 것 같아요. 살 수도 있으니까요. 하지만 아기가 구급차에서 죽을 수도, 갑자기 상태가 악화해 전원한 병원에서 죽을 수도 있어요. 부모님께서 아기의 마지막을 지켜주지 못할 수도 있어요."

내 말이 끝나자마자 그는 결의에 찬 표정으로 외치듯이 말했다.

"갑시다! 한번 시도나 해봅시다!"

그가 나를 뚫어지게 바라보며 말했을 때, 곧바로 후회가 밀려왔다. 시도야 해볼 수 있지만 이 미숙아는 십중팔구, 아니 99퍼센트 이상의 확률로 사망한다는 것을 알았기 때문이다. 그리고 1퍼센트 확률로 살더라도 워낙 위중해 많은 합병증이 따르고, 간단한 덧셈은커녕 두 다리로 걷지 못할 수도 있다. 포기를 모르는 나 때문에, 그 1퍼센트의 확률을 믿은 나 때문에 아빠는 전원을 결정했다. 고백하건대, 다시 돌아간다면 반대의 대답을 해주리라.

전원을 온 아기는 좀 좋아지는 듯했다. 잠시나마 4차 병원에서 일한다는 게 자랑스러웠다. 또 내가 확률을 무시하고 데리고 온 아기가 내 치료로 좋아져서 뿌듯하기까지 했다. 하지만 곧 아기의 산소 포화도는 다시 최저점을 향해 내려갔다. 혈압은 측정할 수 없을 정도로 뚝뚝 떨어졌다. 몸 전체에서 출혈과 혈액 응고가 동시에 일어나는 최악의 상황이 벌어졌다. 작은 머리 안에서 심각한 출혈이 발생했다. 이미 시뻘건 피가 한쪽 머리 반을 차지하고 있었다.

최선을 다했지만 아기가 날아오르기도 전에 날개가 꺾여버렸다. 난데없이 벌어진 일이라 잠시 엄마와 아기의 동생을 보러 간 아빠는 이 당혹스러운 죽음을 지키지 못했다. 내가 가장 증오하는 죽음이 내 앞에 놓여 있었다. 사랑하는 가족 곁이 아닌, 동정과 연민만이 가득한 의료진에 둘러싸여 아기가 죽었다.

전원하지 말았어야 할 아기를 손수 데려왔다. 최악의 죽음도 가져왔다. 황망하게 떠난 아기 앞에 선 아빠의 얼굴은 일그러져 있었다. 나를 원망하는 눈빛은 넘치는 눈물에 가려 보이지 않았다. 이 상황 자체를 받아들이기도 어려운데 아기 엄마에겐 어떻게 설명해야 할까 망연자실한 얼굴이었다. 그 얼굴을 나도 하고 있었다. 다른 점이 있다면, 부모는 이 순간을 상기시켜주는 얼굴을 매일 바라봐야 한다는 것이다. 허망하게 보낸 아기의 얼굴이 똑같이 생긴 동생 얼굴 위로 겹쳐 보일 것이다. 내가 놓친 작은 생명이 동생 얼굴 위로 아른아른 피어오를 것이다. 잊고 있었다. 부모에게 최악의 죽음은 쌍둥이 중 한 명의 죽음이라는 것을.

지옥의 순간을 내가, 두 손으로 빚어 부모에게 선사한 꼴이 되어 버렸다. 그 전원 신청을 거부했어야 했다. 아기 아빠가 나를 뚫어지게 쳐다봐도 눈을 꼭 감았어야 했다. 나라면 어떻게 하겠느냐고 물어도, 입을 꾹 다물었어야 했다. 아기는 그 병원에 남아 가족과 함께했어야 했다. 엄마와 아빠의 따듯한 품에서 마지막 숨을 뱉었어야 했다. 확률의 주사위를 무시한 채 포기하지 않은 것이 두고두고 후회됐다.

미국 노스웨스턴대학교 닐 로스Neil Ross 교수는 '하지 않은 일에 대한 후회'는 '한 일에 대한 후회'보다 오랫동안 더 자주 한다고 말했다. 그에 따른 상실도 '하지 않은 일에 대한 후회'가 더 크다고 했다. 만약 전원하지 않았으면 내 아픔과 후회가 더 오래갔을지도 모르겠다. 하지만 가족이 마지막을 지켜줄 수 있었다면, 아예 나에겐 후회가 없었을지도 모른다. 전원을 했기에, 아빠의 상실 그리고 슬픔이 조금이나마 줄었을 수도 있다. 비록 결과가 최악이라도 '그만한 가치가 있었다'고 초라한 정당화라도 가능하니까.

어떤 종류의 후회는 저지르고 나서 다시 담을 수 없기에 더 아리다. 그 선택이 틀렸다는 것을 아는 순간, 할 수 있는 바가 나를 향한 증오밖에 없어 더 아프다. 융단폭격 수준의 미움과 슬픔을 견뎌냈는데, 용서를 구할 상대조차 없어 더 길고 어두운 밤이었다.

사라져버린
삶에 대한 예의

☽

"뭔가 좀 이상하지 않아요? 항상 검지와 새끼 손가락이 셋째 넷째 손가락 위에 올라가 있어요. 주먹도 꼭 쥐고 있고요."

테오를 분만실부터 봐온 케이시가 고개를 갸웃하며 물었다.

"그러게요. 좀 이상하기는 하네요. 얼굴은 어때요?"

"머리도 약간 작고 턱도 조그맣기는 해요."

"뭔가 미심쩍긴 한데 확실하지는 않네요. 혹시 모르니까 유전자 검사를 할게요."

약간의 의심과 염려가 추가되어 뽑은 피 1밀리리터가 실험실로 내려갔다. 검체 용기는 다음 날 아침 하얀 승합차를 타고 두 시간 거리에 있는 유전학 검사실로 보내졌다. 아기의 피에 여러 화학물질이 더해져 쉼 없이 분할되는 세포들만 추출되었다. 각종 호르몬과 화학물질이 뿌려지자 세포들은 분열과 증식을 반복했다. 사나흘이 지났다. 충분한 수의 세포가 만들어졌다. 현미경 밑으로 아기의 운명을 보여줄 염색체가 색이 입혀지고 발가벗겨졌다. 번뜩이는 세포유전학자의 눈 아래, 염색체 하나하나의 사진이 찰칵찰칵 찍혔다.

대다수의 인간은 22쌍의 상염색체와 한 쌍의 성염색체, 총 46개의 염색체로 이루어져 있다. 가장 흔한 염색체 질환인 다운증후군은 21번 염색체 하나가 더 많아 생긴다. 만약 13번이나 18번 염색체가 하나 더 많다면? 세 번째 염색체는 '죽음'을 달고 나오는 것을 의미하며 대부분 엄마 배 속에서 죽는다. 드문 일이지만 태어난다면, 10퍼센트는 6개월까지 살기도 하고, 스무 명 중 한 명은 일 년 넘게 살기도 한다. 테오의 염색체 수는 총 47개였다. 혹시나 착오가 있을까 다른 세포유전학자도 합류했다. 다시 염색체 수를 세기 시작했다. 재차 확인해도 소용 없었다. 47개의 염색체. 차라리 21번 염색체가 하나 더 있으면 나았을 텐데 하필이면 18번이었다. 케이시가 염려한 대로 테오는 18번 삼염색체 증후군을 가진 가엾은 운명의 아기였다.

테오는 24주에 태어나 분만실에서 기도 삽관을 마치고 신생아중환자실로 옮겨졌다. 워낙 일찍 세상에 나와 아기보다 태아의 형태에 더 가까운 모습이었다. 몇 주가 지났다. 테오의 몸무게가 좀처럼 늘지 않았다. 줄줄이 연결된 인공호흡기도 뗄 수 없었다. 그러려니 했다. 초미숙아이기에 좀 더디다고 생각했을 뿐이다. 테오가 점점 크고 소소하게 이상한 점이 발견되어도, 24주에 태어난 초미숙아가 죽을 운명일 거라고는 생각지 못했다. 유전자 검사 결과가 돌아왔다. 모두 놀라움을 감추지 못했다. 지난 몇 주 동안 검진을 한 의사가 스무 명이 넘었다. 돌본 간호사의 수도 스무 명쯤 되었다. 케이시가 담당 간호사를 자청해 일주일에 서너 번은 테오를 돌보았지만 다른 간호사도 많았다. 케이시를 제외하고는 테오가 18번 삼염색체 증후군일 것이라고는 상상도 못했다. 모두가 책 첫 장을 펼쳤다고 생각했을 때, 우리는 마지막 장을 보고 있었던 것이다.

테오를 매일 방문한 엄마와 아빠에게 이 소식을 전해야 했다. 의사 네 명과 케이시, 그리고 사회복지사도 그 자리에 함께 했다.

"며칠 전에 유전자 검사를 했다고 말씀드렸죠? 검사 결과가 나왔는데…"

힘들게 입을 뗀 담당의도 말을 잇지 못했다. 옆에 있던 과장님이 부드럽게 대화를 이어갔다. 테오의 진단명에 대해 자세히 알려주었다. 초미숙아라 진단에 시간이 더 걸렸다는 안타까움도 전했다.

"그래서 우리 테오가 곧 죽을 거라는 거예요?"

"아뇨, 당장 죽는 것은 아니지만, 인공호흡기 없이는 살 수 없어요. 인공호흡기를 떼면 바로 죽을 거예요."

칠흑같이 어두운 밤, 큰 화물 트럭의 상향등을 마주친 노루의 눈빛이었다. 테오의 엄마는 잠시 숨을 쉬지도 움직이지도 못했다. 마치 그녀의 시간도 멈춘 것처럼. 아빠가 엄마를 감싸자 드디어 마법에서 풀렸다. 마냥 숨을 몰아쉬었다. 한참 동안 서로를 꼭 붙잡고 엉엉 울었다. 평소 어떤 감정도 보이지 않았던 과장님의 눈가에도 슬픔이 맺혔다. 어린 수련의들도 소매로 눈물을 훔치며 함께 테오의 운명을 한탄했다.

테오와 마지막 인사를 나눈 엄마와 아빠는 마음의 준비를 마쳤다. 다른 가족들도 와서 인사를 나누었다. 테오의 손발 프린트도 찍고 추억 상자도 만들었다. 테오를 안은 엄마의 얼굴에 잠시 번쩍이는 빛 같은 것이 지나갔다. 테오와의 시간이 엄마 눈 속으로 쏙 들어간 것처럼. 엄마는 새어나가는 추억을 묶어두려는 듯 눈을 꼭 감았다.

"이제 삽관 튜브를 빼도 될까요?"

테오의 엄마는 차마 말로 의사를 전달하지 못했다. 창백해진 얼굴을 가만히 끄덕였다. 아빠가 가까스로 답했다.

"네, 이제 우리 테오를 보내줍시다."

테오의 작은 머리를 사랑스럽게 한 번 쓰다듬었다. 마음 속으로 조용히 마지막 인사를 나눈 의료진은 골똘히 테오를 쳐다보았다. 야구공보다 작은 머리, 손톱보다 작은 입, 그리고 뾰족하고 유난히 작던 턱이 의료진을 응시하고 있었다. 그 작은 입안에 들어 있는 오래된 튜브는 테오와 한 몸이 되어 있었다. 천천히 아프지 않게 튜브를 스르륵 뺐다. 한번 숨을 들이마시는 것 같더니, 테오는 움직이지 않았다. 슬픔이 엄마와 아빠의 어깨를 두들기고 있었다. 신생아중환자실 곳곳에서 짧은 탄식과 훌쩍임이 들리기 시작했다.

몇 주 동안 정성을 다해 돌본 테오와 정든 가족이 머물던 구역이 잠시 사라진 것 같았다. 테오와 가족이 빠져나간 그곳에는 텅 빈 공허함만 남아 있었다. 그 공간은 테오와 가족에게는 어떤 의미였을까. 그 작은 우주에서 테오는 빛나는 별이 되어 이별을 고했을까. 수많은 의료진의 검진에도 놓쳤던 가장 중요한 진단, 너무 늦게 알아챈 죽음의 진단명에 우리는 미안하다는 말로는 부족한 용서를 구하고 있었다.

'미리 알아서 진작 보내주지 못해 미안해. 정말 정말 미안

해. 하늘에서 만나자, 테오야.'

전해질 수 없는 부질없는 마음만이 빈 공간을 채웠다. 문득 문득 테오를 떠올렸다. 테오를 내 마음속 깊이 간직하고 자주 꺼내 보는 것이 사라져버린 테오의 삶에 대한 예의 같았다. 이 세상에서 살과 피로 남아 있지 않더라도, 테오를 가슴에 묻은 부모가 아니더라도, 잠시나마 테오를 만지게 해준 영광에 보답하는 길은 단 하나였다. 테오를 기억하는 것. 테오를 만진 순간을, 그 장면 하나하나를 내 앞에 다시 데려다 놓는 것뿐이었다.

부모가 원하던 시간을
우리가 앗아갔다

샌드라는 곧 죽을 운명이었다. 아니 이미 죽었어야 할 아기를 비루한 의술과 기계로 억지로 붙잡고 있었다. 보통 임신석 달 안에 죽고 마는 같은 염색체 수를 가진 생명체와는 달리 샌드라는 팔삭둥이로 태어났다. 기도 삽관 후, 인공호흡기를 달았다. 24시간이 채 지나기도 전에, 우리 병원으로 왔다. 샌드라는 하나 더 달려 있는 18번 염색체 때문에 식도가 막혀 있었다. 가끔 신생아중환자실에서 으레 넣는 콧줄이 내려가지 않는 아기가 있다. 5천 명 중 한 명 꼴이다. 식도는 근육으로 형성된 튜브다. 식도와 기도는 같은 부분에서 만들어지기 시작한다. 좀 더 시간이 지나면 식도와 기도가 따로 떨어져 각기 다른 튜브로 자라야 하는데, 샌드라는 그렇지 못한 것이다.

우리 병원 소아외과의 한 명이 수술에 동의했기에 샌드라는 전원을 오게 되었다. 태어난 병원의 외과의들은 곧 죽을 아기에게 수술을 허하지 않았다. 다음날 수술이 잡혔다. 보통 마취과 의사는 전날 밤 아니면 수술 당일 아침에 배정된다. 젊은 마취과 의사는 거부 의사를 밝혔다. 그는 18번 삼염색체 증후군을 가진 아기를 마취해본 경험이 없었다. 그가 찾은 논문에는 18번 삼염색체 증후군 아기의 마취 위험성에 대한 경고가 쓰여 있었다. 마취 후 깨어나지 않거나 수술 도중 또는 후에 사망할 수 있다는 이유였다. 수술은 무기한 연기됐다. 어렵게 마취를 해주겠다는 마취과 의사를 찾았다. 다행히 우리 병원 마취과 의사는 50명이 넘기 때문에 외과의사를 찾기보다 수월했다. 그런데 이번에는 부모가 반대하고 나섰다. 마취를 거부한 의사에게 위험성을 들은 부모는 수술을 거부했다.

어느덧 인공호흡기를 떼고 코로 산소를 넣어주고 있었다. 산소 포화도가 점차 내려갔다. 흉부 엑스레이를 찍자 폐가 혹 작아져 있었다. 담당의는 샌드라를 거의 한 달 내내 돌본 전문가였다. 그는 기도 삽관을 하고 갑작스러운 호흡기 이상을 단순히 쪼그라든 폐의 문제라 생각했다. 신생아는 원체 감염에 취약해 상태가 악화되면 피검사를 하고 항생제를 투약한다. 샌드라를 잘 안다고 생각해서인지 다른 지시를 내리지 않았다. 주말이라 또다시 바뀐 당직의도 호흡기 상태가 나빠진 샌드라를 보고도 크게 염려하지 않았다. 18번 삼염색체 증후군의 여파로 폐 기능이 저하되었다고 생각했다.

3일째 되던 날, 내가 샌드라의 담당의로 회진을 돌고 있었다. 차트 구석구석을 살피던 중 산소요법을 받던 아기가 인공호흡기를 달았는데도, 피검사는커녕 항생제를 투약하지 않은 것이 의아했다. (각 의사마다 같은 증상에 대응하는 처치가 다를 수 있다. 옳고 그른 처치가 아니라 다만 언제, 어떤 결정을 내리는 지가 다를 뿐이다.) 하지만 이미 3일이나 지났다. 3일 전에 나라면 했을 일을 지금 한다는 것이 주저되었다. 그러던 차, 샌드라의 심박수가 올라가기 시작했다. 혹시나 고통을 느껴 심박수가 오른 것일까? 아니면 삽관 튜브가 불편한 것일까? 진통제를 투약했다. 그래도 나아지지 않았다. 이제 다른 수는 없었다. 피검사와 항생제 투약을 지시했다. 또 3일 전 담당의에게도 샌드라의 상태를 알렸다. 그는 깜짝 놀랐다.

"단순한 폐 용량 문제 아니었습니까? 인공호흡기도 아주 낮은 설정이잖아요?"

"아니에요, 지금 꽤나 높은 설정으로 되어 있어요."

늘 웃음이 가득했던 그의 표정이 굳었다. 몸이 움찔하는 것이 확연히 보일 정도였다.

당직팀에게 인계를 하며 샌드라의 상태를 전할 때도 심박수만 높지 크게 다른 이상은 보이지 않는다고 안심시켰다. 그래도 피검사와 항생제를 시작했다고 걱정말라며 병원을 떠났다. 다음 날 아침, 신생아중환자실 출입문에 보라색 표지판이 붙어 있었다. 밤새 누군가 죽었구나. 본능적으로 알았다. 샌드라가 죽었다는 것을. 내가 떠나고 항생제가 들어간 뒤 두 시간쯤 후 점점 상태가 나빠졌다고 했다. 결국 부모는 다른 가족들과 함께 병원을 찾았다. 그렇게 샌드라가 떠났다. 밤에 당직을 선 동료는 아마 시간이 다 되어 간 것 같다고 나를 위로했다. 그러나 뭔가 꺼림칙했다. 차트를 이 잡듯 뒤졌다. 피검사 결과가 심상치 않았다. 감염의 증후가 보였다. 몇 시간 뒤 전화가 왔다. 내가 지시한 배양 검사에서 박테리아가 자라고 있다고. 샌드라의 시계가 멈춰서 죽은 것이 아니었다. 3일 전 호흡 상태가 악화된 것은 감염의 첫 징후였을지도 모른다. 단순한 폐 용량의 문제로 시작했더라도, 호흡기 상태가 악화되었을 때 항생제를 투약했다면 나았을 수도 있다.

부모는 샌드라가 좀 더 안정적인 상태가 되면 집으로 가고 싶어 했다. 죽을 것이라는 것은 명명백백 알고 있었다. 그래도 함께 시간을 보내기를 원했다. 샌드라는 태아로 죽을 확률도 높았다. 그 확률을 제치고 태어나 아직도 숨이 붙어 있는 아기였다. 부모는 샌드라와의 시간을 소중히 여겼고, 함께 한 매 순간순간을 아꼈다. 영원이 되는 순간들, 삶의 이유가 되어 주는 따뜻한 기억들을 우리의 잘못된 판단과 선택으로 놓쳐버린 것은 아닐까.

하나 더 붙어 나온 염색체 숫자가 의료 행위의 유무를 결정하는 시간과 공간이 존재한다. 샌드라는 남들과는 다른 염색체 수 때문에 수술이 거부되고 또 연기되었다. 종국엔 죽음을 감수할 수 없었던 부모 때문에 줄과 관에 연결된 삶을 살았다. 여느 아기였더라면 다른 처치가 내려져 조금 더 살았을지도 모른다. 그렇다면 부모가 그토록 원하던 시간을 앗아 간 이는 신이 아니라 바로 우리가 아닌가. 마지막 차트에 적힌 내 이름을 끝으로 샌드라에게 더 이상의 담당의는 없었다. 세상에서 가장 참괴한 차트에 내 이름만큼의 무게가 더해져 병원 바닥 밑으로 꺼지고 있었다.

눈물로 열린
고향의 문

☽

"저 병실에서 죽음의 냄새가 나."

동료가 나를 뚫어져라 보며 말했다. 회갈색 빛 눈 안으로
놀란 내 얼굴이 떠올랐다. 그가 눈으로 보여준 감정이 걱정이
었는지 약간의 두려움이었는지 아니면 조금의 역겨움이 섞
여 있었는지는 확실치 않다. 다만 확실한 것은 아기가 죽기
전에는 그런 냄새가 나지 않는다는 것이다. 눈썹을 치켜세우
고 그 병실로 향했다. 병실 안에는 천사 같은 얼굴의 아기가
누워 있었다. 온 몸이 회색빛이었다. 인공호흡기가 숨을 넣어
줘 가슴이 오르락내리락하지 않았다면 죽었으리라 짐작할
만했다. 마스크를 끼고 있었는데도 그 냄새가 훅 하고 들어왔
다. 죽음의 냄새였다. 동료가 말했던 그 죽음의 냄새, 틀림없
는 죽음의 냄새였다. 하지만 아기의 심장이 뛰고 있었다. 변
변찮은 생체징후가 모니터에 꼬박꼬박 들어가고 있었다. 모
니터에도 힘겨운 삶의 냄새가 물씬 났다.

사람이 죽으면 특유의 냄새가 난다. 오래된 사체를 자주
볼 일은 없다. 그나마 오래된 사체를 보는 일은 태아가 몇 시

만 한 가지 조건이 있었다. 과장님이 곁에 있어야 한다는.

대부분의 의사가 인계를 마치고 떠난 늦은 저녁, 과장님이 병실에 나타났다. 행정 업무를 보는 날이었지만, 부모의 청을 듣고 병원 건너편 사무실에서 일을 마치고 온 것이다.

과장님은 그들과 모국어로 잠시 이야기를 나눴다. 그리고 한참 동안 엉엉 우는 엄마를 말없이 안아주었다. 이제 때가 되었다. 우리는 가만히 고개를 끄덕였다. 과장님이 아기의 이마에 키스를 하며 마지막 인사를 나눴다. 엄마와 아빠, 삼촌들은 그들만의 언어로 사할에게 인사를 아니, 형언할 수 없는 통곡의 대화를 하고 있었다. 몇 달 동안 사할을 돌보았던 담당 간호사도 호흡치료사도 모두 눈물을 흘렸다. 조용히 각자의 슬픔을 삼키고 있었다. 과장님과 함께한 10년 동안 단 한 번도 그가 우는 모습은 볼 수 없었다. 항상 웃는 얼굴이기에, 웃지 않아도 주름으로 웃음이 완성되는 얼굴이었다. 그런 그의 얼굴에 눈물이 줄줄 흘렀다. 그와 20~30년을 같이 일한 간호사와 호흡치료사도 놀란 눈치였다.

얼굴에 수놓인 빼곡한 주름만큼 그가 만진 생명은 무수히 많다. 지금은 늘상 쓰는 치료도 그의 커리어 대부분에는 존재하지 않았다. 고로 내가 스친 죽음은 그가 마주친 죽음에 비하면 만분의 일도 되지 않는다. 셀 수 없이 많은 아기를 치료했지만 수없이 실패했으리라. 그래서 놓친 생명도 그에 따른 슬픔도 수십년 동안 견뎌 단단해진 그가, 그런 그가 울고 있었다. 가능성이 없는 사할의 치료에 만전을 기했으리라. 부모의 두터운 신뢰에 기꺼이 보답하고 싶었을 것이다. 그의 주름살은 생사의 전투 훈장이 아니라 공감과 이해의 증거였던 것이다. 마지막 순간을 함께 보냄으로써 사할의 '치료'에 매듭이 지어졌다.

모든 생물은 본능적으로 귀향을 꿈꾼다. 사할의 부모는 병원 생활뿐만 아니라 이민의 고달픔으로 지쳐가고 있었다. 이미 그 아픔을 몸소 겪은 과장님만이 그들을 보듬어줄 수 있었다. 겪지 않은 괴로움은 누가 위로한들 힘이 되겠는가. 점점 진해지는 죽음의 냄새가 고향에 대한 그리움을 몰고 왔을 것이다. 고향에는 아픈 사할도 영어로 어두운 예후만을 외치는 의사들도 없을 테니. 그들의 고향에는 오로지 따스한 품으로 안아주며 그들의 언어로 위로하는 과장님만이 존재했다. 그가 선물한 고향에서 사할의 부모는 편히 쉬고 울 수 있었다. 삶과 죽음도 막을 수 없는 귀향 의식이 생사의 공간을 합쳐버렸는지도 모르겠다. 그래서 홀가분하게 사할을 보내줄 수 있었을지도. 과장님의 눈물로 열린 고향의 문으로, 나도 그들의 고향에 잠시나마 다녀올 수 있었다. 어쩌다 보니 유학이 이민이 된 나그네의 눈에도 그들의 고향은 참 포근해 보였다.

제3부

―――――――――――――――

그저 그런

무책임한
어른들

엄마가 찾지 않는 아기에게
이름을 붙여주었다

"하나, 둘, 셋! 힘을 주세요!"

검은 머리 산부인과 의사가 연거푸 외쳤다. 드디어 통통부은 아기 머리가 나왔다. 의사가 머리를 쑥 돌리자 아이가 두 눈을 번쩍 뜬다. 하늘색 전구 모양의 석션 기구로 입안의 양수를 뽑아냈다. 아기의 어깨가 서서히 드러나고 몸도 쑤욱 빠져나왔다.

"앙~" 하고 우렁찬 울음을 내지르는 아기를 엄마 가슴 위에 올려놓자 곁을 지키던 아빠도 감동에 벅차 눈물이 차오른다. 그는 온몸에서 차오르는 감동이 입 밖으로 용솟음칠세라 손으로 입을 틀어막고 있었다. 산부인과의는 태반이 나오자 한동안 자국어로 대화를 나누더니 병실을 나선다. 한참 동안 아기를 바라보던 간호사 둘은 서로 의미심장한 눈빛을 교환했다. 동양 아기임을 고려해도 얼굴과 손이 확실했기 때문이다. 위로 치켜 올라간 눈꼬리, 작은 눈, 널찍한 눈과 눈 사이의 거리, 낮은 코, 납작한 얼굴도 모자라 쭉 뻗은 일자 손금이 손바닥을 가로질렀다. 슬쩍 봐도 다운증후군이 분명했다.

진찰을 마친 후, 유전자 검사를 의뢰했다. 아무래도 부모와 심각한 대화를 나눠야 하는데, 병원에는 마땅히 통역할 사람이 없었다. 하는 수 없이 아이패드 통역 앱을 열고 부모와 드문드문 어렵게 대화를 이어나갔다. 아기를 낳기 위해 태평양을 건너 미국까지 온 부모는 진단 자체를 믿지 않았다.

다음날, 가쁜 숨을 몰아쉬는 아기에게서 걱정스러운 심장 소리가 들렸다. 급히 확인한 심장 초음파에서 선천성 심장 결함이 보였다. 곧바로 소아병원 신생아중환자실로 이송됐다. 부모는 어쩐 일인지 따라오지 않았다. 혹시나 엄마 상태가 걱정돼 아빠도 그 곁에 남았을까. 전화를 걸었으나 야속한 신호음만 반길 뿐이었다. 이틀 뒤 엄마는 퇴원했고, 좀처럼 만날 수 없었다.

며칠이 지났을까. 화려한 옷차림에 한창 유행하는 명품 가방을 들고 나타난 엄마는 먼발치에서 아이를 힐끔 보고는 뚱한 표정으로 의자에 앉았다. 사회복지사는 엄마의 정신 건강을 염려해 병원 안팎의 상담 서비스를 알려줬으나, 엄마는 모든 도움을 거부했다. 일주일도 채 안 돼 유전자 검사 결과가 나왔다. 진단명은 아기의 얼굴만큼이나 정확했다.

"유전자 검사에서도 다운증후군으로 확인됐습니다."

통역사를 통해 소식을 전해 들은 부모는 아무 대답도 하지 않았다. 아기를 쓱 한번 쳐다보고는 곧바로 병실 문을 열고 떠났다. 아마도 한줌의 희망이 손가락 사이로 다 빠져나가 견딜 수 없었으리라. 의료진은 굳이 부모를 쫓아가지 않았다. 시간이란 명약이 마음을 돌리게 하리라 굳게 믿었다.

어느덧 아기의 퇴원일이 다가왔다. 아기 병실 벽에 걸린 화이트보드 위 이름 칸은 아직도 텅 비어 있었다. 그사이 부모는 한번도 아기를 보러 오지 않았다. 연락도 없이 모국으로 돌아갔다는 소식만 들려왔다. 아기는 이름도 없이 부모에게서 버림받았다. 가여운 아기의 소식을 들은 의료진은 한자리에 모여 이름을 지어줬다. 텅 빈 이름 칸에 '로건'이라고 크게 썼다. 드디어 아기에게도 이름이 생겼다.

엄마로서 가장 힘들었던 시간은 한 돌도 안 된 첫째와 떨어져 지내던 2주다. 당시 무시무시한 레지던트 스케줄로 산채로 말라가고 있었다. 어머니께서 한국에 잠시 가 계신 터라, 시부모님께서 아이를 맡아주셨다. 월요일부터 금요일까지 몸이 부서져라 일했다. 잠이 절실했다. 그래도 토요일 새벽이면 재깍 일어나 시부모님 댁으로 한 시간을 달렸다. 아침에 눈 뜨자마자 날 보고 마냥 신이 날 아기를 보기 위해. 단 꿈 같던 주말을 보내고, 다시 돌아가는 차 안에는 지독한 한국 장맛비처럼 눈물이 내렸다. 5일 동안 아이를 보지 못하는 고통의 시간이 마침내 다가와서. 무거운 추가 달린 괘종시계가 텅 빈 가슴을 채운 것 같았다. 날카로운 초침이 1초에 한번씩 콕콕 나를 찔렀다. 그게 아이를 볼 수 없는 모든 엄마의 마음이라 생각했다. 21번 염색체 하나가 더 있어서, 심장에 구멍이 있어서, 여느 아이와는 다르게 생겨서, 조금 더 많은 관심과 치료가 필요해서, 머나먼 땅 미국에 아기를 두고 홀연히 떠난 엄마도 있었다.

1993년 프랑스의 한 연구 결과[1]에 따르면 파리 시내에서 태어난 다운증후군 아기 28퍼센트가 버림받았다고 한다. 한때 건강한 여자아이로 가득 찼던 어느 나라의 고아원은 이제는 장애를 가진 아이들로만 채워지고 있다. '완벽한 아이'를 바라는 부모의 심리를 분석한 전문가들은 이를 타인지향적 완벽주의라 부른다. 완벽주의자 부모는 자신이나 다른 사람에 비해 자식의 완벽성에 집착한다고 한다.[2] 자식의 완벽 정도가 다른 사람들이 자신을 바라보는 척도가 된다고 믿기 때문이다.

안아줄 부모가 사라진 로건을 품에 안고 창밖을 바라봤다. 저 멀리 서쪽 하늘을 시뻘겋게 물들이며 해가 지고 있었다. 저 푸른 바다 너머 그 나라에도 해가 뜨고 지겠지. 지구 반대편에서 그들은 가끔 로건을 생각할까. 어떤 마음으로 아기를 두고 간 걸까. 다른 사정이라도 있는 걸까. 모국으로 돌아가 그토록 원하던 '완벽한 아기'를 낳을까. 혹시라도 로건을 찾으러 다시 미국으로 올까. 로건이 성장해 낳아준 부모를 찾을까. 끝도 없는 질문이 머릿속을 가득 채웠다. 어느 누구도 답할 수 없는 물음이 어느새 울음으로 변하고 있었다. 모래사장에서 반짝이던 별들이 하늘로 올라간 그 밤, 내가 쏘아 올린 무수한 기도 중 가장 절실한 것은 오로지 하나뿐이었다. 로건이 이 사실을 평생 모르기를, 염색체 수 때문에 부모에게 버림받은 사실만은 모르기를.

10대 약물중독,
왜 그걸 물어보지 않았을까

영화 〈해리 포터〉에 나오는 해그리드가 소방관이 되면 저런 모습일까. 얼굴의 반 이상을 가린 구불거리는 수염, 하얀 반팔 셔츠와 헐렁한 멜빵바지의 응급 의료 요원이 보였다. 커다랗고 두툼한 손에는 희멀건 아기 싸개가 들려 있었다. 멍하니 의뭉스러운 표정을 짓다 번뜩 깨달았다.

'어머나 세상에, 저 아기가 내 환자구나!'

이른 새벽 날아든 문자에는 '집에서 낳은 아기, 분만실 8'이라고 적혀 있었다. 때를 놓쳐 집에서 낳은 만삭아이겠거니 하고 어기적어기적 걸어갔다. 나를 마주한 건 해그리드 소방관과 그 큰 품에 안긴 1킬로그램이 채 안 되는 초미숙아였다. 서둘러 아기를 방사 보온기에 안착시켰다. 얼핏 봐서는 죽은 아기 같았다. 다행히 심장은 뛰었으나 호흡이 약했다. 아기의 얼굴에 산소 마스크를 씌우고 숨을 불어넣었다. 1~2분쯤 지나자 다른 의료진도 도착했다. 아기의 상태는 곧 호전됐다. 이제야 한숨을 내쉬며 고개를 돌려 산모를 바라봤다. 10대 후반쯤 됐을까. 창백하기까지 한 허연 얼굴에 회갈색 눈동자,

그 위로 긴 갈색 머리가 마구 헝클어져 있었다. 방금 응급실에서 올라온 터라 코로나19 테스트도 거치지 않고 마스크도 끼지 않았다. 감염이 염려돼 가까이서 문진하기가 꺼려졌다. 보통은 산모와 가족에게 마스크를 꺼달라고 요청하는데, 분만 중이나 직후에는 그런 요청이 쉽지 않다. 고통을 겪는 사람에겐 무리한 요구 같아서….

"산모님, 아기는 안정적입니다. 호흡만 도와주고 있어요. 곧 신생아중환자실로 갈 거예요. 어떻게 낳았는지 알려주실래요?"

창백한 얼굴에 살짝 핏기가 돌았다. 아마도 아기가 괜찮다고 하자 안심한 것이리라.

"아, 정말 다행이에요. 아기를 볼 수 있을까요?"

"물론이죠."

코에는 산소 마스크가, 머리에는 모자가 씌어 있어 아기의 얼굴은 반절밖에 보이지 않았다. 그럼에도 엄마의 얼굴에는 미소가 피었다. 그녀는 임신한 줄 몰랐다고 했다. 새벽에 약에 취해 누워 있다 갑자기 아기가 나왔다고 답했다. '집에 있는 여자'가 911을 불렀다고. 함께 응급 상황을 자주 겪은 산부인과 의사 줄리앤은 나를 힐끗 쳐다보고는 애달픈 웃음을 흘리며 말했다.

"선생님과 같이 당직 서면 별일을 다 겪는 것 같아요. 참, 아기 엄마가 두어 가지 약물을 하고 있었대요. 소변 약물검사가 진행 중이에요."

줄리앤은 나에게 어깨동무하며 간단한 정보를 흘려주고는 저 멀리 사라졌다.

캘리포니아의 붉은 해는 탁한 스모그를 뚫고 희붐히 떠올랐다. 업무 인계를 마치고 집에 도착해 시원한 샤워 줄기를 맞으며 병원에서 묻은 균을 씻어내고 있었다. 문득 뇌가 물줄기를 정통으로 맞은 것 같았다.

'아! 이런! 아기 탯줄을 무엇으로 잘랐는지 물어보지 못했네!'

더러운 가위로 탯줄을 자르면 아기에게 파상풍의 위험이 있기에 늘 확인한다. 갑자기 새벽에 들이닥친 데다 워낙 작은 미숙아라 서둘러 옮기는 바람에 물어보지 못한 것이다. 물이 뚝뚝 떨어지는 손으로 산모에게 전화를 걸었다.

"산모님, 좀 어떠신가요? 아까 분만실에서 만난 닥터 황입니다. 아기는 지금 안정적인 상태로 중환자실에 있어요. 아기

탯줄 자른 사람이 누군지, 어떤 가위인지 확인이 필요해 전화 드렸습니다."

"911 대원이 가지고 온 가위로 직접 잘랐어요. 아기는 괜찮은 거죠?"

"네, 꽤 괜찮은 상태입니다. 혹시라도 무슨 일이 있으면 담당의가 바로 전화드릴 겁니다. 몸조리 잘하시고 궁금한 점이 있으면 언제든지 전화주세요. 아무 때나 중환자실 방문 가능합니다."

짧은 대화로도 아기를 염려하는 엄마의 마음이 느껴졌다. 엄마가 임신 중 약물중독이었으니 아기는 퇴원하더라도 엄마에게 갈 수 없다. 약물중독을 이겨내면 언젠가 아기를 데려갈 수 있으려나. 그런 염려가 샤워 물줄기에 녹아들었다.

다음날, 엄마는 감쪽같이 사라졌다. 경찰은 그녀가 어느 큰 인신매매 조직의 피해자라고 했다. 몸에 새겨진 문신은 그들의 표식과 일치했다. 그 조직은 피해자를 억지로 약물에 중독시켜 마음도 묶어둔다고 했다. '집에 있던 여자'는 인신매매의 무리, 감시자였다. 약물중독자라길래 그저 분별없는 10대일 거라 추측했다. 자세히 묻지 않은 내가 한없이 미워졌다.

어찌하여 나는 10대 여자아이가 아기를 낳았을 때 '집에 있던 여자'가 도대체 누구인지, 왜 엄마가 아닌지 물어볼 생각조차 하지 않았을까. 왜 그곳에 있었는지, 아기 아빠는 누구인지, 도와줄 가족이나 친구가 있는지 물어봤더라면, 그녀는 마음을 열고 도움을 요청했을지도 모른다. 산부인과 의료진은 그녀에게 관심을 기울였을까. 임신 중 약에 중독된 철없는 10대 아이로 치부해버렸을지도.

유난히 핼쑥했던 얼굴이, 잠시나마 분홍빛을 띠던 미소가, 눈동자에서 솟았던 희망이 떠올랐다. 전화기 너머 전달되던 아기를 향한 따스한 사랑이, 그녀의 목소리가 자꾸만 맴돌았다. 병원에서 어느 누구라도 조금만 더 따뜻한 관심을 기울였다면, 아기의 엄마도 사라지지 않고, 아기 엄마의 엄마도 찾아줄 수 있었을지도 모른다. 누군가의 작은 관심으로 두 아이의 미래가 바뀔 수도 있던 아침이었다. 우리 모두 그저 그런 어른들이 되어 버렸다.

누군가에게는
선택적 죽음이 허락된다

임신테스트기에 두 줄이 선명하게 떠오르던 날, 크리스의 엄마는 세상을 다 가진 듯한 기분이었다. 이미 두 번이나 석 달을 넘기지 못하고 아기들을 보냈다. 지난 몇 년 동안 점점 진해진 엄마의 아픔이 그 두 줄로 잠시 지워졌다. 크게 이상이 없다는 산부인과 의사의 따뜻한 말을 들을 때마다 아기를 안을 수 있는 날만 손꼽아 기다렸다. 머릿속에서 자꾸 의심과 걱정이 불끈불끈 솟아도, 이번만은 다를 거라고 굳게 믿었다. 임신 5개월째에 접어들어서야, 그 암울함이 점차 옅어졌다.

그날 아침도 여느 날과 다름없이 산부인과 검진을 갔다. 의사는 초음파 검사를 지시했다. 정밀 초음파 검사라고 해서 가슴이 덜컥 내려앉았지만, 의사는 모든 임신부가 하는 일상적인 검사라며 안심시켰다. 한 번 놀라서인지 심장은 자꾸만 빠르게 뛰었다. 긴장을 풀어주려는 초음파 담당 선생님의 심심한 농담에도 웃음이 나오지 않았다. 그런데 갑자기 두툼한 손이 멈칫하고 움직이지 않았다. 그의 굳은 표정과 갑자기 급해진 손길, 연신 젤을 짜는 것을 보고 그녀는 알았다. 무언가 크게 잘못되었음을.

의사는 심장에 염려되는 부분이 있다며 심장 초음파를 따로 지시했다. 그 길로 아기 엄마는 주저앉아 목메어 울었다. 심장 초음파를 하고 소아심장과 의사를 만났다. 눈이 크고 머리카락이 새까만 의사는 부드러운 목소리로 상담을 진행했다. 크리스의 왼쪽 심장이 너무 작아 태어나도 수술 없이는 살 수 없을 거라며, 자신이 그 병을 일으킨 장본인인 것처럼 미안해했다. 수술 횟수, 시기, 경과, 그리고 크리스의 미래도 알려주었다. 그는 직시했다. 별도 보이지 않을 컴컴한 밤을 걷게 될 그들의 미래를. 여러 의사와 상의한 후, 크리스를 보내주기로 했다. 세 번째 잃는 아기였다. 세상이 온통 칠흑으로 바뀌어 있었다. 크리스가 없어도 부모가 앞으로 걷게 될 어스름한 밤이 끝없이 펼쳐져 있었다.

사람의 왼쪽 심장은 힘차게 뛰어 피를 심장 밖으로 보내준다. 심장이 뿜은 피는 철도를 타고 나아가는 기차처럼 온몸 구석구석을 지나 다시 심장으로 회귀한다. 왼쪽 심장이 덜 자란 아기는 보통 세 번의 수술을 받아야 한다. 1980년 대 초에만 해도 사망률이 백 퍼센트에 가까웠다. 2000년도에는 생존율이 40퍼센트, 현재는 50퍼센트까지 올라갔다. 한 돌을 맞은 아기의 생존율은 무려 90퍼센트나 된다. 아주 극소수의 아기들만 이 질병을 가지고 태어나지만, 이 병으로 죽는 아기들은 전체 심장병 사망자의 삼분의 일이나 된다. 그만큼 죽음과 가까운 질환이다. 만약 부모가 아기를 보내주기로 결정하면 의료진은 의문을 제기하지 않는다. 워낙 죽을 확률이 높은 질환이기 때문이다. 다만 우리가 간과하는 것이 하나 있다. 이 심장병으로 죽을 아기의 생존율과 24주 미숙아의 생존율이 비슷하다는 것이다. 어느 누구도 24주 미숙아를 낳을 산모에게 아기를 보내주고 싶냐고 묻지 않는다. 하지만 비슷한 확률인 작은 좌심실 질환의 아기의 죽음은 당연하게 받아들인다.

20세기 중반까지 대다수의 다운증후군 아기들은 태어나자마자 기관으로 보내졌다. 이 질환을 가지고 태어나면 평범한 사람이라 생각지 않았고, 가족들이 돌볼 수 없다고 여겼다. 시설로 보내진 아이들은 갇혀 지냈다. 1970년도에도 1980년대 초반에도 의사들은 생명을 살리는 수술을 권고하지 않았고, 다운증후군 아기들을 굶겨 죽게 했다. 지금으로서는 상상도 못 할 일이다. 오늘날 의사가 저런 권고를 한다면 바로 의사 면허 박탈에 감옥까지 가게 될지도 모르겠다.

1982년도에 인디애나주에서 다운증후군을 가진 아기가 태어났다. 식도가 막혀 있었다. 지금이라면 수술을 하고 몇 주 뒤 퇴원했을 것이다. 그러나 다운증후군이라는 이유로 의사는 부모에게 수술을 권하지 않았다. 이 사실이 기사화되자 다른 가족들이 아기를 입양하겠다고 나섰다. 부모와 의사, 그리고 주 고등법원은 아기를 굶겨 죽일 권리를 주장했다. 7일 뒤에 아기는 죽었다. 연방 고등법원이 손을 쓸 시간조차 없었다. 이 일을 계기로 1984년에는 장애가 있어도 의학적으로 필요한 치료를 보류할 수 없는 법이 생겨났다.

우리 병원에 입원한 다운증후군 아기들은 수도 없이 많다. 아니 대부분의 아기들은 신생아중환자실에 오지 않고 여느 아기들처럼 모자 동반실에서 엄마와 함께 지내다 집으로 간다. 나와 비슷한 시기에 태어난 아기가 다운증후군이 있다는 이유로 수술을 받지 못하고 굶어 죽었다니 믿기 어렵다. 그 많은 다운증후군 아기들은 집에 가지 못하고 시설에서 죽어나갔다. 멀쩡히 살아 있는 아기들을, 큰 장애도 없는 아기들을 단체로 죽이고 그것을 묵과했다. 생각만으로도 소름이 돋고 손이 떨린다. 그런데 그 일이 지금도 계속되고 있다면?

20년 뒤쯤 우리의 후손들은 현시대에 작은 좌심실을 가지고 태어난 아기를 보낸 부모, 이를 용인한 우리를 손가락질할지도 모른다. 가깝고 먼 미래에는 이 심장 결함으로 아무도 죽지 않고 정상적인 삶을 이어가는 의료가 가능할까.

이 글을 쓴 내가, 또 의사들의 부족함이 비난받는 날이 어서 왔으면 좋겠다. 좌심실이 작아서 죽는 아기가 없기를. 또 그 아기들의 죽음을 용인하다 못해 권고까지 하는 의사가 없는 시대가 오기를 바라본다. 언젠가는 또 다른 크리스가 태어나 엄마 품에 안겨 세상과 싸우는 시대가 올 것이다. 크리스와 그의 가족들이 걸어가야 할 깜깜한 밤을 빛나는 별로 인도할 그날을 기다려본다.

코가 없는 아기

'따르르릉 따르르릉' 핸드폰 벨소리가 영상의학실의 검고 자욱한 정적을 깨뜨리며 울렸다. 다니엘의 목소리였다.

"오늘 당직이세요? 전원시킬 아기가 있어요."

"네, 24시간 당직 서고 있습니다."

"어젯밤에 태어난 만삭아입니다. 코가 있어야 할 자리에 구멍만 있고 코 뼈가 아예 없어요."

상상력을 동원해 아기 얼굴을 떠올리려 했으나 완벽히 실패했다. 도대체 어떤 모습이길래 전원이 필요할까.

"유전학과 협진이 필요해서요?"

"아니에요. 기도 삽관을 한 열 번 이상 시도했습니다. 도대체 들어가질 않더라고요. 2.5 사이즈 튜브도 꽉 끼어서 2.0 사이즈를 겨우 집어넣었습니다. 이비인후과와 마취과 연락하고, 최대한 빨리 펠로우와 전원팀 보내주십시오."

말문이 턱 막혔다. 다니엘은 동료들 중에서도 시술을 잘하기로 유명했다. 어려운 기도 삽관은 물론 동맥 정맥 라인도 거침없이 잘 잡는 프로였다. 그런 다니엘이 열 번 이상 시도해서 넣은 튜브가 2.0 사이즈라니. 보통 500그램 미만 초미숙아의 기도 안으로도 2.5 사이즈 튜브가 들어간다. 그런데 열 달을 꽉 채우고 태어난 만삭아가 2.0 사이즈 튜브를 달고 우리 병원으로 온다니. 펠로우와 전원팀을 보냈다. 어려운 기도라는 소식을 듣고 중환자실 안에 긴장감이 돌았다.

헬리콥터의 프로펠러 소리가 점점 가까워지자 중환자실 전체가 얼어붙었다. 전원팀의 표정도 심상치 않았다. 총총걸음으로 들어와 아기를 침대 위에 사뿐히 올려놓았다. 얼핏 봐도 머리가 몸에 비해 거대하고 팔다리가 유난히 짧은 기괴한 모습이었다. 코뼈가 자라지 않아 코가 있어야 할 자리에 구멍이 두 개 뻥뻥 뚫려 있었다. 게다가 입술과 입천장이 갈라져 있어 입안이 훤히 다 보였다. 눈은 김이 서린 듯 구름이 낀 듯 탁하기 그지없었다. 괴이한 생김새가 아기의 운명과 버무려져 섬뜩한 느낌마저 들었다.

빨대같이 가느다란 튜브에 의지해 죽음과 생, 그 사이의 간극을 간신히 버티고 있었다. 2.0 사이즈 튜브는 석션도 불가능하고 호흡기 관리도 어렵다. 우선 튜브를 2.5 사이즈로 바꾸기로 했다. 물론 다니엘의 실력을 알기에 꽉 끼었다는 말을 의심하진 않았다. 그럼에도 우리는 최소한 시도는 해야 했다. 기도삽관은 때와 장소에 따라 어려움의 정도가 바뀔 수 있기에, 우선 펠로우를 시켜보았다. 실패였다. 아기의 산소포화도가 뚝뚝 떨어진 만큼 내 심박수가 하늘로 치솟았다. 심장이 너무 뛰어 눈 밖으로 튀어나올 것 같았다. 최대한 침착한 척 기도 삽관을 시도했다. 성공이었다. 의외로 널널한 느낌마저 들었다. 함께 오래 일한 호흡치료사들은 역시 최고라며 치켜세워 주었다. 지금 기뻐서 심장이 뛰는지 아니면 아기를 죽일 뻔한 순간을 잘 넘겨서 그런 것인지는 알 수 없었다.

협진이 필요한 이비인후과와 유전학과를 호출했다. 이비인후과는 우선 기도 삽관이 잘 되었으니 나중에 환자를 보겠다며 오질 않았다. 유전학과는 아기를 검진하고 차트를 보더니 자판기에서 음료를 뽑듯 바로 병명을 내려주었다. 점상 연골 이형성증이라는 책에서만 보던 진단명이었다. 유전자 변이에 따른 질환이기에 어떤 유전자가 영향을 받았느냐에 따라 여러 유형으로 나뉘는 희귀병이었다.

심각한 인지 장애와 짧은 수명을 초래하는 병일 수도 있다. 혹은 단순히 뼈에만 이상이 있고 평균수명은 여느 아이와 같을 수도 있는 질환이다. 저 멀리 있는 신과 더 자세한 유전학 검사만이 알 수 있는 일이었다. 아기와 엄마는 판결을 기다리며 중환자실에 갇혔다. 몇 주의 시간이 흐르고 나온 결과는 아기의 모습과 흡사한, 절망 그 자체였다. 두 돌을 맞기 전에 죽을 거라는 가혹한 운명. 비정상적인 코와 기도를 가진 아기는 기도 삽관 튜브 없이는 죽음 속으로 곧장 걸어 들어가는 것과 같다.

매정한 아빠는 가족을 버렸다. 홀로 남은 엄마와 면담은 계속되었다. 이비인후과와 유전학과에서도 아기를 편히 보내줄 것을 권고했다. 처음에는 주저하고 고민하던 엄마가 갑자기 필요한 모든 수술을 해서라도 아기를 살려 집으로 데려가겠다고 고집했다. 남편에게 아기와 함께 버림받아 자신마저 아기를 버릴 수 없었는지 아니면 아기 없이 혼자 되는 게 두려웠는지는 확실치 않다. 그저 아기와 시간을 더 보내고 싶었는지도 모른다. 나 역시 아이와 시간을 더 보내기 위해서 무리한 선택을 하는 경우도 있으니까. 결국 아기의 목에 구멍을 뚫어 기계가 숨을 밀어주고, 배에 구멍을 뚫어 영양이 들어오는 삶이 시작되었다. 아기는 수많은 시술과 수술을 받으며 고통을 견뎌냈다. 입안으로 들어오던 차가운 금속 기구의 아픔이 가시기도 전에 튜브가 목구멍을 연거푸 쑤셨다. 수없이 바늘로 찔리고 핏방울이 뚝뚝 몸을 빠져나갔다. 여린 살갗이 메스로 잘리고 관이 목으로 배로 쑥쑥 들어갔다. 결국 아기는 관과 줄에 이어진 채 병원 문을 나섰다. 아기는 고통에 꽁꽁 묶여 있었다. 그래서 예상보다 조금 더 일찍, 첫 돌이 되기 전에 자유의 몸이 되었다.

만약 이 모든 시술과 수술을 엄마에게 했다면, 엄마는 똑같은 결정을 했을까? 조심스레 예상하건대, 아닐 것이다. 혹시나 시작했더라도 통증에 울부짖으며 중간에 포기했을지도 모른다. 인간으로서 견뎌야 하는 고통의 양과 시간은 최소한이어야만 한다. 우리는 아기의 고통 없는 삶을 위해 싸웠으나 결국 지고야 말았다. 아기는 고통 속에서 삶을 마쳤다. 이다지도 슬프고 참담한 패배가 있을까. 소리 없는 울음을 내지르는 아기를 고통의 세계에서 구해주고 싶었다. 그 길은 아무리 더듬어도 종국에는 찾지 못했다. 목에 넣어진 관이 아기를 쑤실 때마다, 배에 꽂힌 관이 눌릴 때마다 아파서 몸부림치던 아기의 모습이 선연하다.

노숙자 엄마와 약속한
40주가 되던 날

한바탕 소란스러운 소리가 신생아중환자실 안으로 들어왔다. 고개를 비죽 내밀어 밖을 바라보니 누군가 취해서 병원 경비와 다투고 있었다. 별일 아니겠지 하고 들어가려다 익숙한 목소리라 다시 고개를 돌렸다. 우리 신생아중환자실 아기 엄마였다. 사라는 노숙자다. 큰 도시를 전전하다 구급차에 실려와 에이든을 낳았다. 27주 차에 나온 에이든은 약과 술에 취해 횡설수설하던 엄마가 지르는 비명 사이로 겨우 고개를 내밀어 우리를 만났다. 처음엔 코로 산소와 압력을 넣어주는 정도의 도움만이 필요했을 뿐이다.

태어나고 몇 시간 지나지 않아 담당 간호사가 나를 불렀다.

"여기 머리에 자꾸 뭐가 나는 것 같아요."

"어머, 그러게요. 그 전에는 없지 않았어요?"

"두 시간 전만 해도 아무것도 없었는데 갑자기 피부에 뭐가 올라와요."

머리카락 하나 없는 맨질맨질한 에이든 머리 위에 피부가 얇게 벗겨져 말려 있었다. 초미숙아에게서는 한 번도 본 적

없는 피부 질환이었다.

"혹시 모르니 감염내과에 물어볼게요."

소아감염내과 교수와 펠로우, 레지던트가 곧바로 찾아와 이리저리 살피고 말했다.

"글쎄요. 뭔지 확실하진 않지만, 헤르페스는 아닌 것 같아요."

우리를 안심시키고는 사라졌다.

그 후 몇 시간 뒤에도 자꾸 올라오는 피부염에 마음이 편치 않았다. 이미 아침에 넣은 피검사에 간수치를 추가했다. 한 시간 후쯤, 실험실에서 간수치 결과를 알려왔다. 아주 살짝 올라간 상태였다. 혹시나 해서 추가로 헤르페스 피검사와 피부 검사를 지시하고 항바이러스제를 투약했다. 곧 실험실에서 연락이 왔다. 헤르페스 확진이었다.

어른 손바닥만한 에이든을 옆으로 뉘였다. 옅은 갈색 약으로 꼼꼼히 소독했다. 마치 숨바꼭질에 꼭 이기리라고 마음먹은 아이처럼 파란 멸균천을 꼼꼼히 둘렀다. 뾰족한 바늘로 에이든의 등을 찔렀다. 피부를 뚫고 쑤욱 들어간다. '톡' 하고 척수를 감싸는 막이 뚫렸다. 탐침바늘을 빼자 척수액이 뚝뚝 흐르기 시작한다. 필요한 양만큼 뽑아 총 네 개의 검사 용기를 채웠다. 투명해야만 하는 척수액이 소변 검사를 했다고 해도 믿을 만큼 갈색빛을 띠고 있었다. 검사 결과를 보지 않아도 알았다. 뇌에도 헤르페스가 침투했음이 확실했다. 뇌 초음파에서 본 에이든의 뇌에는 구멍이 숭숭 뚫려 있었다. 임신 초기에 감염되었으리라. 쑥쑥 크고 있던 에이든의 뇌는 바이러스에게 잡아먹힌 것 같았다.

사라는 입원 기간 내내 산부인과 의료진에게 소리를 지르고 욕을 해대고 난동을 피웠다. 희한하게도 신생아중환자실 안에서는 늘 얌전했다. 퇴원을 하고도 에이든을 자주 방문했다. 에이든이 입원해 있으니 가족실 이용이 가능했다. 또 병원에서 제공해주는 아침, 점심, 저녁, 매일 세끼를 공짜로 먹을 수 있었다. 사라는 노숙을 하지 않고, 병원에서 하루 중 대부분의 시간을 보내기 시작했다. 가족실에서 약과 술에 취해 코를 골며 자고 있는 게 대부분이었지만 말이다.

에이든은 항바이러스 치료에도 불구하고 점점 상태가 나빠졌다. 기도 삽관을 하고 인공호흡기를 달아야 했다. 몇 주가 지나도 혼자서는 전혀 숨을 쉬지 못했다. 거의 녹아 있는 듯한 뇌의 모습에 우리는 에이든을 보내주는 것을 권고했다.

사라는 에이든이 40주가 될 때까지 기다려야 한다며 고개를 저었다. 에이든은 기도 삽관 튜브를 장장 3개월이 넘게 물고 있었다. 가끔 튜브가 빠져 급하게 다시 넣어야 했다. 오랜 기도 삽관으로 기도가 앞으로 몰려, 삽관은 늘 쉽지 않았다.

"에이든 튜브가 빠졌는데, 다시 들어가질 않아요!"

한밤 중에 걸려온 전화에 최고 속도로 운전해 병원에 당도했다. 심장이 마구 뛰어 가슴 밖에 나와 있는 것 같았다. 재빨리 뛰어 올라갔다. 이미 네 명이 두 번씩 시도한 뒤라, 에이든의 입안은 피범벅이었다. 잘 보이지도 않는 기도 안으로, 호흡치료사의 손가락 촉감을 믿고 튜브를 밀어 넣어야만 했다. 다행히 튜브는 기도 안으로 매끄럽게 들어갔다. 안도의 숨을 내쉬려다, 에이든의 표정에 내 숨이 멎었다. 통증이 계속 더해지면서 점점 늘어난 고통 수용체가 훨씬 더 큰 아픔을 에이든의 뇌에 전달했으리라. 튜브가 빠지고 삽관 시도가 시작되었을 때, 잠을 자던 고통이 다시 고개를 들었을 것이다.

늘 몸속에 숨어 있던 고통이 스물스물 일어나 에이든을 덮치고, 고통이 춤을 추면 에이든도 같이 춤을 추듯 몸부림쳤다. 그 작은 얼굴에 찌푸린 주름이 이미 자리 잡고 있었다. 소리를 질러 울다 지치고, 종국에는 목구멍에 끼인 튜브가 가련한 아기에게 울음조차 허락하지 않았다. 울고 싶은데 울음소리가 나지 않는 불쌍한 아기가 된 에이든이 내 앞에 누워 있었다. 에이든은 졸음을 간신히 참고 있는 것 같았다. 그러다 툭 하고 까무륵 잠이 들었다. 그렇게 고통이 춤의 진연을 펼치고 전무가 끝났다. 내가 만든 고통의 향연을 머릿속에서 재생했다.

　누군가가 내 입안으로 얼음같이 찬 금속 기구를 넣고 계속 튜브로 쑤셔댄다고 생각하니 소름이 쫙 끼쳤다. 내 입안에서 나온 핏물로 그 쓴 피맛을 느끼며 삼키고 있다는 상상만으로도 소스라치게 놀라 주저앉을 뻔했다. 아직 통증을 느끼는 살아 있는 생명체라 고마워야 할지 아니면 차라리 죽어 이 고통을 느끼지 않는 것이 옳은 것인지를 진지하게 고민했다. 지금 내가 하고 있는 것이 의료인지, 의술을 가장한 고문인지 알 수 없었다. 다만 확실한 것은 에이든이 고통 속에 살고 있다는 것이다.

　억겁의 고통의 시간이 지나고 약속한 40주가 되었다. 사라는 인공호흡기에 의지해 살고 있는 에이든을 보내주기로 결정했다. 사라는 40주가 되면 에이든이 나을 것이라 생각한 것일까. 아니면 그동안 따뜻한 가족실의 편안한 침대와 병원 음식이 필요했을까. 에이든이 더 이상 고통을 느끼지 않게 보내주고 병원을 나섰다. 먼 곳을 향해 브이 모양으로 떼를 지어 날아가는 새무리가 보였다.

'저 새처럼 에이든도 하늘로 날아가고 있겠구나.'

내 입은 입꼬리를 올려 미소가 떠오르는데, 두 눈 밑으로 깊은 개울이 흘렀다. 슬퍼해야 할지 기뻐해야 할 지 알 수 없는 내 뒤로, 새 떼가 점점 멀어지고 있었다. 새 떼가 자꾸 보란 듯이 울음을 내질렀다. 에이든도 이제 하늘에서 마음껏 울 수 있으리라. 복잡한 눈물이 자꾸 쏟아졌다. 흐느끼느라 숨이 막혀오고 목구멍에도 고통이 찾아왔다. 입안에서는 쓰디쓴 피맛이 났다. 앞으로 목구멍이 자주 아플 것만 같다.

자연주의 출산,
아름다운 꿈

샹들리에의 은은한 불빛이 온 방을 한껏 비췄다. 잔잔한 음악이 흘러나와 촛불 사이사이를 산들산들 간지럽혔다. 방 한가운데 떡하니 자리 잡은 파란 고무 풀장은 찰랑찰랑한 물과 배가 봉긋이 솟은 임신부를 품고 있었다. 아빠는 엄마 뒤에 앉아 함께 호흡을 맞췄다. 조산사가 나긋하게 속삭이듯 말했다.

"자, 이제 숨 크게 쉬고 한 번만 힘주면 아기가 나올 거예요."

엄마는 마지막으로 힘차게 밀었다. 숱이 제법 많은 아기 머리가 먼저 나오고 몸이 쏙 빠져나왔다. 마치 아기가 수영하는 듯했다. 조산사가 아기를 물에서 건져 엄마의 가슴에 살포시 올려놓았다. 여기까지는 모든 것이 완벽했다. 집에서 남편과 함께 수중 분만으로 아기를 낳는 '아름다운 자연주의 출산 계획'이었다. 이미 여러 번 만나 제법 친해진 조산사가 아기를 받아 건네주는 것은 생각만 해도 짜릿했다. 눈이 부시는 밝은 형광등 빛만 가득한 병실에서 싸구려 환자복을 반쯤 걸치고 멸균천에 싸여 중무장한 낯선 의사와 아기를 맞이하고 싶지 않다고 늘 생각했다. 단 한 가지 꿈에도 예상치 못한 일은, 아기가 숨을 쉬지 못할 수도 있다는 것이다.

　태반에 연결된 탯줄을 달고 있던 아기는 숨을 쉬지 않았다. 얼굴이 새하얗게 질린 조산사가 아기의 등을 아무리 문질러도 그 흔한 울음소리는 물론 미동조차 느낄 수 없었다. 인형같이 예쁘게 생긴 아기는 인형처럼 움직이지 않았다. 보다 못한 조산사가 이번에는 럭비공 모양의 투명한 기구를 꺼내 아기의 얼굴을 감싸고 공기를 불어넣었다. 입안과 코 안의 분비물을 제거하고 공기를 아무리 불어넣어도 소용없었다. 까마득한 심박수는 점차 내려가고, 잠시나마 행복에 겨웠던 부모의 얼굴은 흑색으로 변해 비명을 지르고 있었다.

　조산사는 눈물범벅의 얼굴로 아빠에게 911을 부르라고 간신히 외쳤다. 최대한 빨리 달려 15분 안에 도착한 구급차를 맞이한 건 축 늘어진 아기였다. 청진기를 대봐도 산소와 압력을 계속 올리며 공기주머니를 짜봐도 아기의 심장은 뛰지 않았다. 3킬로그램 남짓 되는 아기의 기도는 그들에게 너무 작았다. 신생아에게 기도 삽관을 해본 적이 없는 응급 구조사는 결국 그 작은 기도를 찾지 못했다. 그렇게 죽은 아기를 데리고 그들은 황망하게 병원으로 향했다. 응급실에서 아기의 사망 선고가 내려졌다. 부모는 잊히지 않는 비명만을 토해냈다.

세월의 계곡이 빼곡한 할머니들은 늘상 말한다.

"나 때는 다 집에서 낳고도 잘 살았어."

예전에는 집에서 아기를 낳고도 잘 살았다지만 통계를 보면 과연 그럴까. 백 년 전과 비교해서 산모 사망률이 백배 이상 낮아졌고, 신생아 사망률도 절반 이하로 낮아졌다. 산모와 아기의 위험 상황을 자주 지켜본 나는 큰 대학병원에서 아이를 분만했다. 고위험군은 아니었지만 최악의 경우를 대비한 선택이었다.

신생아 10퍼센트는 태어나자마자 의료진의 도움이 필요하다. 예컨대 호흡이 불안정하면 아기를 문질러 자극을 줌으로써 자가 호흡을 하게 한다. 그게 충분치 않으면 산소를 공급하거나 폐가 열리도록 압력을 넣어 호흡을 돕는다. 갓난아기 중 1퍼센트는 신생아중환자실 의료진이라야 할 수 있는 심폐소생술이 필요하다. 기도 삽관을 하고 가슴 압박을 하고 신속하게 탯줄 안으로 가느다란 관을 넣어 약, 수액, 혈액 등을 최대한 빨리 넣어야 한다. 경험이 많고 손이 빠른 의료진과 병원의 지원이 있어야만 아기를 살릴 수 있다. 누구도 "당신은 건강한 아기를 낳을 겁니다"라고 장담할 수 없다. 물론 고위험군 산모가 있지만 그 위험 요소만으로 산모와 아기의 운명을 점칠 수는 없다.

끊임없이 눈물을 흘리는 아기 부모의 엄청난 고통이 서서히 나를 집어삼켰다. 작은 생명을 품은 열 달 동안 출산 계획을 세우며 아기의 출생을 손꼽아 기다렸을 부모다. 시간을 되돌릴 수만 있다면 그들은 같은 선택을 할 것인가. 자가 출산이 아기에게 시커먼 죽음이 되어 덮칠 것이라고 상상도 못 했을 것이다.

여러 가지 가정과 의문이 소나기처럼 내렸다. 그 뒤엔 한 가지 생각만 남았다. 왜 병원에서 분만하지 않았을까. 병원에서 출산했다면 살릴 수 있었을 텐데…. 다음 날 퇴원해서 부모와 함께 집으로 돌아갔을 소중한 생명이었다. 너무 작고 연약해 특별한 보호가 필요한 사람이었다. 너무도 많은 '만약'이 도사리는 출산 과정에서 너무도 큰 '기적'을 바란 건 아니었을까.

응급실을 나와 엘리베이터 버튼을 꾹 눌렀다. 활짝 열린 문 안에 아기를 꼭 감싸 안고 휠체어에 앉은 엄마와 간호사가 있었다. 짐이 잔뜩 실린 것으로 보아 건강한 아기와 퇴원하는 산모인 듯했다. 엘리베이터 안으로 들어서는 순간 행복의 향기가 어찌나 진하게 전해져 오던지, 한 걸음 물러나 병원 자

동문을 향해 부드럽게 나아가는 산모를 한없이 바라봤다. 정문 앞에는 아빠가 산모와 아기를 기다리고 있었다. 축복에 가득 찬 또 다른 부모의 모습이었다. 하루에도 몇 번씩 보던 병원의 일상적인 모습이 아니던가. 외롭게 응급실에 누워 있는 그 아기와 부모도 느껴야 할 일상의 기쁨이 아니던. 두 가족의 상반된 모습이 머릿속에 그려지니 눈앞이 눈물로 뿌예졌다가 가득 차기를 자꾸 반복했다.

니큐가
범죄 현장이 되는 순간

'삐삐삐삐' 모니터에서 숨가쁜 알람이 멈추지 않았다. 심장 박동수는 정상의 반의 반도 안되는 20~40 사이를 오가고 있었다. 산소 포화도와 혈압은 계측이 안 될 정도로 낮았다. 방사 보온기 아래에 죽은 듯 누워 있는 700그램 아기 입안에는 기도 삽관 튜브와 위장으로 내려가는 노란 튜브가 자리 잡고 있었다. 삶에 대한 집착 따위는 모르는 듯 두 눈은 감겨 있었다. 잿빛이 도는 작은 아기로부터 생명의 빛이 점점 떠나고 있었다. 세 명의 간호사와 닥터 D, 그리고 나까지 아기에게 달라붙었다. 흉부 압박과 강심제와 농축적혈구, 혈소판 수혈이 이어졌다. 간신히 아기의 심박수와 산소 포화도가 정상 수치로 올랐다. 아기의 몸에 돌아온 혈색만큼 우리의 창백한 낯빛에도 핏기가 돌기 시작했다.

아침에 출근하자마자 내린 커피도 마시지 못하고, 등 떠밀려 구급차에 몸을 실었다. 출근하면서 지나쳐 온 병원으로 구급차가 들어섰다. 엘리베이터에서 내리자마자 밤새 당직을 선 동료가 망연히 서 있었다. 혀를 내두르며 아기가 곧 죽을 것 같은데 혹시 우리가 도움이 될까 부른 것이라고 강조했다. 밤새 아기 곁을 지킨 동료의 눈에는 핏줄이 굵게 서 있었다. 전원 장비를 잔뜩 지고 아기 수송기를 밀며 신생아중환자실로 들어갔다. 나와 같은 시간에 이 병원으로 출근한 닥터 D는 인계를 마치고 한시도 아기의 곁을 떠나지 못했다. 나와 전원팀이 들어서고 5분도 채 지나지 않아 심폐소생술이 시작되었고, 정신없이 아기를 구해야만 했다.

잠시나마 봐줄 만한 생체징후가 보이자 차트를 확인하고 본격적으로 치료 계획을 세웠다. 닥터 D와 나는 아무 말 없이 서로를 물끄러미 바라보았다. 그와 함께 보낸 시간은 10년쯤 되었다. 몇 년 전, 그가 나를 전원팀의 일원으로 이 병원에 보냈다. 그때 만난 아주 작았던 초미숙아도 생과 사의 기로에 있었다. 도착하자마자 심폐소생술이 필요했고 전원할 수 있는 최소의 상태조차 이르지 못했다. 고로 나는 그에게 전화를 걸었다.

"지금 말한 상황을 종합하자면, 아기가 지금 죽다 살아났고, 곧 죽을 것이라는 거죠?"

단숨에 상황을 정리한 그는 곧바로 전원 취소를 결정했다.

"담당의에게 우리 의견을 전하고 돌아와요."

텅 빈 아기 수송기를 다시 구급차에 싣고 돌아와야만 했다.

같은 일이 반복되는 것일까. 그와 나는 같은 병원, 같은 신
생아중환자실에서 담당의와 전원팀으로 함께 서 있었다. 한
참을 말없이 바라보다 내가 먼저 입을 뗐다.

"아까 심폐소생술 중에 제대정맥관으로 혈소판을 급하게
넣어서 지금 막혔죠? 제가 정맥관 다시 잡을게요."

그는 고개만 끄덕이고 서둘러 엄마에게 전화를 넣었다.

급하게 제대정맥관을 새로 넣었다. 워낙 상태가 위중한데
다 언제라도 심폐소생술이 필요할 아기였다. 뇌실내출혈이
있는지 확인이 필요했다. 초음파 기사가 무거운 초음파 기계
를 밀며 천천히 들어왔다. 탐촉자를 아기 머리 숨구멍에 대자
나도 모르게 짧은 탄식이 터져나왔다. 두뇌의 반 이상이 출
혈로 엉망진창이었다. 다른 각도로 자세히 볼 필요도 없었다.
뇌실내뿐만 아니라 뇌 곳곳에 피가 가득 차 정상적인 뇌 조
직은 보이지도 않았다. 초기에 이 정도의 심각한 출혈과 현재
상태를 보아서는 심폐소생술이 크게 의미가 없어 보였다. 그
럴 확률도 현저하게 낮지만, 살아남는다고 하더라도 이 뇌가
정상적인 기능을 할 확률이 거의 전무하기 때문이다. 연락을

받은 엄마가 휠체어를 타고 들어왔다. 휠체어를 밀고 있던 간호사 뒤로 육척이 훌쩍 넘는, 프로 레슬링 선수를 연상케 하는 경찰관 두 명이 따라 들어왔다.

닥터 D는 엄마에게 아기의 위중한 상태와 뇌출혈을 자세히 설명하며 더 이상의 심폐소생술은 권고하지 않았다. 파리한 얼굴의 엄마는 뼈만 남은 손으로 얼굴을 감싸고 통곡으로 답했다.

"그래도 아기를 포기할 수 없어요. 어떻게든 살려주세요."

엄마의 깡마른 울음은 멈추지 않았다. 닥터 D는 나를 불러내 다시 한번 설득해달라고 부탁했다. 무거운 발걸음을 옮겼다. 휠체어에 앉은 엄마를 마주보고 앉았다. 나도 같은 엄마라고 내 아이라면 보내주겠다고 말하며 손을 맞잡고 울었다. 진심이 닿았는지 엄마는 무리한 치료에 반대하는 우리의 의견에 따르기로 했다. 뒤를 돌아 아기의 상태를 확인했다. 모니터의 숫자들도 날카로운 소리를 내며 울고 있었다. 아기의 시간이 점점 줄고 있었다. 멀리서 지켜보던 닥터 D를 쳐다보고 고개를 한 번 끄덕였다. 그도 굳게 닫은 입과 감은 두 눈으로 답했다. 우리 둘 다 이미 알고 있었다. 출근하자마자 전해 듣고 직접 본 아기의 상태는 소생 불가능이었다. 무리하게 전원을 시도했으나 완연한 대패였다. 더 이상 도와줄 상담도 치료도 남아 있지 않았다. 전원팀에게 곧 돌아가자는 의사를 전했다. 하루 종일 전원만 담당하는 팀조차 빈 손으로 돌아가는 것이 믿기지 않는 듯했다. 돌아갈 채비를 하는데 이번에는 경찰관이 나를 막아섰다.

"선생님, 가시기 전에 인적 정보를 주고 가셔야 합니다. 아기가 죽으면 바로 범죄 현장으로 전환됩니다."

"네? 범죄라뇨? 조산과 뇌출혈 때문인데요."

"아기 엄마가 지금 수감 중에 있어 그 안에 일어난 모든 죽음은 범죄 현장으로 분류됩니다. 곧 서에서 나와서 조사를 할 거예요. 최소한의 의료진만 남아주세요."

경악이 슬픔을 잠시 넘을 수도 있었다. 이름, 직함, 연락처를 남겼다. 아기와 엄마, 닥터 D를 뒤로 하고 전원팀과 함께 병원을 떠났다. 흔들리는 구급차 뒤에 앉아 빈 아기 수송기를 바라보는데 닥터 D에게 문자가 왔다.

'아기 사망.'

짧은 문자에 그의 긴 탄식이 묻어 있었다. 자신의 의지에 반해 철창 안에 갇힌 엄마와 그 안에 함께 갇힌 아기의 마지막이 또 다른 범죄 현장이 되는 나라에 내가 살고 있었다. 수감 도중 갑작스런 출산과 아기의 죽음을 동시에 견뎌야만 하는 엄마가 존재하는 세상은 없어야 한다. 그렇게 노란 리본 대신 노란 폴리스 라인으로 둘러싸일 아기를 두고 떠나야만 했다. 텅 빈 아기 수송기만이 나를 노려보고 있었다. 빈 손으로 돌아온 나를 보고 병원 문이 다그치듯 입을 굳게 다물었다.

유전병에 걸릴 확률

레오는 산전 검사로 다운증후군이 확실히 진단된 아기였다. 한데 얼굴로 확연히 티가 나는 같은 질환의 아기들과는 사뭇 달랐다. 입이 툭 튀어나오고 얼굴 가운데가 푹 꺼져 있었다. 새부리 같은 코, 눈과 눈 사이가 넓고 찌푸린 듯한 이마, 약간 쳐진 눈꼬리가 눈에 띄었다. 두개골 유합증도 심해, 머리 모양 자체가 누가 일부러 찌그린 탁구공 같았다. 벙어리장갑을 낀 양, 엄지를 제외한 모든 손가락은 다 붙어 있었다. 둘째 셋째 발가락도 붙어 있었다. 유전학책 표지에도 등장하는 에이퍼트 증후군이었다. 다운증후군도 모자라 에이퍼트 증후군까지 있다니. 어지러운 세상에 예사로운 불행을 넘어 가혹한 운명이 아기를 따라 나왔다.

레오는 선천적인 심장 기형이 있어 두어 번의 큰 수술이 필요했다. 더구나 혈소판이 지나치게 낮아 수술하기 전에 혈소판 수혈이 선행되어야 했다. 레오 곁에는 젊은 남녀와 회색빛 수염 가득한 얼굴의 어르신이 앉아 있었다.

"안녕하세요. 오늘 레오를 맡은 닥터 황입니다. 어머님, 아버님 되시나요?"

"네, 저희가 레오 엄마, 아빠예요."

"옆에 계시는 분은 관계가 어떻게 되죠? 함께 이야기를 나누어도 될까요?"

늘 하는 인사와 소개가 이어졌다. 갑자기 어색한 기류가 훅 하고 들어왔다. 레오의 할아버지라고 생각했는데 갑자기 셋의 얼굴이 시뻘개지고 아무도 답을 하지 않았다. 이게 무슨 상황인가 해서 첫 번째 질문은 하지 않은 양, 두 번째 질문에만 집중했다.

"원래 아기 부모님 하고만 아기 정보를 나누는데요. 부모님께서 괜찮으시면 다 같이 들어도 됩니다."

새하얀 얼굴에 긴 금발머리, 새파란 눈을 가진 엄마가 얼른 답했다.

"네, 여기서 그냥 다 말씀하시면 돼요."

"알겠습니다. 오늘 레오의 피검사에서는…"

자세한 상태와 예후를 알려주고 질문에 성심껏 답했다. 평소에 느껴지지 않는 오묘하면서도 왠지 불편한 분위기가 자꾸 우리 사이를 막았다. 평소 눈치 없는 나조차 분명히 느낄 수 있었다. 상담을 어찌저찌 마쳤다. 인사를 하고 병실을 나서자 레오의 간호사가 나를 쫓아 나왔다.

"아까 말씀 못 들으셨나 봐요?"

눈만 껌벅껌벅하고 쳐다보는 내 얼굴에 간호사는 찬물을 뿌리듯 덧붙였다.

"그게 말이죠… 아기 엄마, 아빠가 사촌지간이에요."

내 두 눈이 동그랗게 커졌다.

"아… 네, 전혀 몰랐어요. 그럼 그 옆에 있던 어르신은 누구예요?"

"아기 엄마의 아버지니까, 외할아버지예요. 아빠한테는 삼촌이고요."

그제서야 기묘했던 분위기의 미스터리가 풀렸다. 어르신은 자신을 레오의 외할아버지라고 칭해야 할지 아니면 작은할아버지라고 해야 할지 몰랐던 것이다. 누가 내 뒷통수를 팍 내리치는 것 같았다. 이제야 흔치 않은 유전병, 심장병을 가지고 태어난 아기의 퍼즐이 맞춰졌다.

혈족과의 결혼에 따른 선천성 유전병은 가까운 친족일수록 높아진다. 자손이 열성인 유전자를 둘 다 받아 질환으로 나타날 확률이 높기 때문이다. 레오의 부모는 사촌으로 보통 12.5퍼센트의 유전자를 공유하고 있다. 친척과 낳은 아기라도 우성으로 발현되는 유전병이 걸리는 확률은 더 높지 않다. 에이퍼트 증후군은 우성으로 유전된다. 그렇지만 대부분이 돌연변이로 생기는 병이다. 친족과 낳은 아기가 다운증후군의 확률이 높다는 연구 결과도 있고, 그렇지 않다는 연구 결과도 있다. 다만 직계혈족과 낳은 아기의 심장병 발현은 2~2.5배 정도 높다고 한다.

레오는 앞으로 몇 번의 수술을 받아야 할까. 심장 수술 두세 번, 머리뼈 수술, 손가락, 발가락 수술, 그리고 아마도 필요할 턱 수술까지. 셀 수 없이 많았다. 앞으로 험난할 레오의 여정에 가슴이 아렸다. 그나마 엄마, 아빠, 할아버지까지 곁을 지키고 있어 다행이라 기뻐해야 할까. 저 둘은 주변의 따가운 시선을 이기고 레오의 긴 여행을 함께할 수 있을지도 모르겠다. 레오 앞에도 사회적 편견을 견뎌야 하는 삶이 펼쳐져 있었다. 아니면 두 유전병과 심장병, 그리고 앞으로 수없이 겪어야 할 수술과 전신마취의 영향으로 인지 장애가 심해 모를 수도 있다. 질문은 쌓이는데 마땅한 답을 내놓을 수 없었다. 답이 없는 의사라 다만 부끄러웠다.

아이가
아이다울 수 있는 세상

◗

"잭 엄마랑 통화됐어?"

동료가 눈을 크게 뜨고 물었다. 일그러진 미소를 짓는 내 얼굴에도 동료의 얼굴에도 실망감과 안타까움만 스친다. 잭 은 조금 일찍 태어난 데다 매우 특별한 외모를 지녔다. 머리털 이 눈썹 바로 위, 목 뒤, 그리고 귀까지 무성한 숲을 이뤘다. 멕 시코 화가 프리다 칼로처럼 일자로 쭉 이어진 눈썹은 강렬한 인상을 완성했다. 속눈썹이 보통보다 두 배쯤 길었다. 누가 마 스카라를 발라 놓은 듯 풍성한 데다 위로 말려 있어 바비 인형 같았다. 귓바퀴 연골이 한 번 더 접혀져 있어 귀가 뾰족한 엘 프 같기도 했다. 입천장은 지진이 난 듯 갈라져, 가끔 하는 석 션만으로도 피가 줄줄 흘렀다. 기도로 향한 통로는 부풀어오 른 조직들로 가려져 있었다. 횡격막조차 잘 움직이지 않아 늘 가쁜 숨을 몰아쉬었다. 갈비뼈도 열두 쌍이 아닌 열세 쌍이 자 리 잡고 있었다. 척추뼈 사이도 조금씩 벌어진 형상이었다.

잭의 두툼한 코도 언젠가는 산소 장치 없이 숨 쉴 수 있길 꿈꿨다. 꿈은 현실이 되지 않았다. 좋아지고 나빠지기를 반복 하다 결국 기관절개술이 필요했다. 하지만 잭의 엄마는 방문은커녕 전화도 받지 않았다. 아기의 시간은 항상 우리의 시간보다 빠르게 흐른다. 더 이상 기다릴 수만은 없었다. 정부 사회복지사와 협업해 법정으로 수술 동의서를* 보냈다. 법정에서 판사가 부모를 대신해 기관절개술에 동의했다.

잭의 엄마는 임신 전부터 마약에 절어 있었다. 임신 중에도 끊지 못했다. 코카인과 마약성 진통제, 암페타민에 매일 취해 있었다. 잭은 일곱 번째 아기였다. 일곱 명의 아기 아빠는 모두 달랐다. 한 아기는 너무 일찍 태어나 5일째 되는 날, 하늘로 떠났다. 또 다른 아기는 만삭아로 나왔지만 입양을 기다리다 갑자기 죽었다. 잭의 엄마가 아이들을 안전하게 보호할 수 없음이 자명했다. 나머지 아이들은 모두 정부 보호 아래 입양 수속을 밟았다. 발달 지연과 자폐증이 심한 아이들이 대부분이었다. 일주일에 두세 번씩 갖가지 발달 치료를 받아야 했다. 여러 의사와의 검진도 긴요했다. 물론 양부모가 사랑으로 기르고 있었다. 그럼에도 혹시나 모를 학대와 방임을 방지해야 했다. 정부 사회복지사가 빠진 치료와 검진은 없는지 꼬박꼬박 확인하고 가정 방문도 잊지 않았다.

잭의 특별한 겉모습 때문에 유전학과와 협력해 몇 가지

증후군을 의심했다. 한데 유전학 검사 결과는 모두 정상이었다. 딱하게도 잭의 외형은 모두 엄마의 약물 오용 때문이었다. 외형뿐만이 아니라 인지 능력이 무척이나 떨어질 것임은 틀림없었다. 잭의 형제를 입양한 다정한 수양 엄마가 잭도 돌보겠다고 나섰다. 가슴으로 낳은 아이의 동생이니 잭도 자신의 아이라며. 잭의 엄마가 엄마 노릇을 하지 못하니 정부가 나서 양부모를 구하고, 또 그 양부모를 사회복지사가 지켜보는 시스템은 그렇게 완성됐다. 잭의 미래에도 볕이 들기 시작했다.

칸 영화제에서 심사위원상을 수상한 영화 〈가버나움〉은 실제 시리아 난민 소년의 현실을 담담히 그려낸다. 출생신고조차 하지 않아 나이를 알 수 없는 아이들. 마약 구입과 제조를 시키는 부모 밑에서 크는 소년, 자인과 동생들. 자인은 여동생의 매매혼, 강제 임신과 사망 소식을 들은 후 그 남편을 찌른다. 감옥에 면회 온 엄마는 또 다른 아기 임신 소식을 전한다. 자인은 법정에 선다. 자신을 태어나게 한 부모님을 고소하고 싶다고. 자신과 동생들처럼 학대당하는 아이를 더 이상 세상에 내보내지 말아달라고.

어떤 부모의 사랑은 무책임으로만 점철되어 아이에게 아픔만 초래한다. 한 부족은 아이는 신의 귀한 선물이라고 가르친다. 아이들을 함부로 다루면 신이 다시 데려간다고. 지켜줄 신이 존재하지 않는다면, 사회가 아이를 보호해야 하지 않을까. 출생신고조차 하지 않아 서류상 세상에 존재하지 않는 아이들 그리고 실제로 숨이 끊어진 아이들은 한국에도 미국에도 무수히 많다. 미국에서는 병원에서 낳은 아기는 모두 출생 신고서를 의무적으로 발행해 추적한다. 한국에서도 2023년 여름 공포된 출생통보제(의료기관의 출생정보 통보로 아동의 출생을 공적으로 확인할 수 있도록 함으로써 출생 사실이 확인되지 않은 아동이 살해, 유기, 학대 등의 위험에 처하는 것을 방지하기 위한 제도. 2024년 7월 시행 예정)로 부모에게만 존재할 수 있었던 아이들이 집 밖으로 쏟아질 것이다. 아이의 삶은 고통에서 최대한 멀리 있어야 한다. 그 간단한 의무를 부모가 저버린다면, 사회가 나서야 한다. 부모를 대신해 더 큰 부모의 역할을 맡아야만 한다. 학대되고 방치된 아이가 자라 부모를 고소하기 전에, 사회에선 잊힌 아이의 목숨이 끊어지기 전에, 사회가 잠시 신이 되어야 한다.

제4부

사랑은
시간과

비례하지
않는다

목에 방울을 달고
나온 아기

병원 복도는 불빛으로 번들거렸다. 한 손에는 반쯤 찬 스마트워터 물병이 찰랑대고 있었다. 크록스 신발이 바닥을 칠 때마다 불빛이 춤을 춰 콧노래를 더 신나게 북돋워줬다. 고요한 일요일 밤을 홀로 즐기기가 아까웠는지 내 발길은 산부인과로 향했다. 산부인과 수간호사 앤드리아가 나를 보자마자 마침 잘 왔다고 법석을 피웠다. 한껏 격앙된 목소리로 다다다다 총을 쏘듯 급박한 상황을 나에게 전했다. 산모가 진통이 온다며 병동에 올라왔는데, 차트를 보니 태아 목에 큰 혹이 있다고 했다. 앤드리아는 고개를 도리도리 저었다.

태아는 엄마 배 속에서 탯줄로 산소를 공급받는다. 한마디로 숨을 쉴 필요가 없다. 하지만 태어나는 순간부터 아기는 온전히 자기 힘으로 숨을 쉬어야 한다. 만약 혹 때문에 기도가 눌린다면? 기도 삽관이 필요하다. 그런데 혹이 거대하면 기도 삽관이 불가능할 수도 있다. 희한하게도 20주, 35주에는 보이지 않던 큰 혹이 42주 차가 되자 목에 불룩 솟아나 있었다. 산부인과 의사는 곧바로 고위험 산부인과 의사에게 협진을 요청했다. 정석대로라면 자기공명영상을 찍고 신생아분과, 이비인후과, 마취과, 소아외과, 소아흉부외과가 상주하는 4차 병원에서 분만할 수 있도록 인도해야 했다. 42주라, 언제든지 아기가 나올 참이었다. 고위험 산부인과 의사는 이미 늦었다고 생각했는지 엄마에게 큰 병원에서 분만하라고만 지시했다.

엄마는 태아의 목에 큰 혹이 있으면 위험할 수 있다는 사실조차 인지하지 못했다. 진통이 오자 의사가 시킨 대로 큰 병원으로 향했다. 하필 그 타이밍이 최악이었다. 최소한의 의료진만 남은 일요일 밤이었기 때문이다. 내가 한가로이 흥얼거리며 복도를 떠돌던 그 시각, 시한폭탄이 유유히 걸어 들어오고 있었다.

차트를 확인한 나는 제일 먼저 이 사실을 신생아중환자실 수간호사와 분만팀에 알리고 입원 준비를 시작했다. 이비인후과 교수에게도 협진을 요청했다. 그는 안타까운 마음에 혀를 끌끌 차며 그래도 아기를 살릴 수 있으면 살리자고 힘을 보탰다. 그 뒤로 한 시간 동안 열 명이 넘는 의료진에게 도움을 요청했다. 누군가는 소리를 질렀고, 누군가는 '하' 하고 짧은 탄식을 토했으며, 누군가는 나를 측은해하며 도와주겠다고 했다. 전화를 받은 다른 교수, 수술실 수간호사, 산부인과 수간호사도 각자 최선을 다해 의료진을 모았다. 마침내 모든 준비를 마쳤다. 그런데 이 작은 기적을 베풀 틈도 없이 진짜 복병이 등장했다. 무통 주사 없이 자연분만을 원하던 부모는 모든 수술과 시술을 거부했다. 당직 산부인과 의사도 혀를 내둘렀다.

"내가 아무리 말해도 전혀 듣질 않아요. 아기가 죽는다고 해도요."

이대로 포기할 수 없었다. 아기의 생명이 달린 문제였다. 30분 정도 열띤 설득 끝에 최후의 수단을 꺼내 들었다. '엄마 카드'였다. "나도 두 아이의 엄마예요. 아이를 잃는다는 건 상상할 수 없어요. 당신이 아이를 잃게 둘 수 없어요." 간곡하고 감성적인 어필이다. 오직 엄마인 의사만이 쓸 수 있는 강력한 무기로 가족이 의사를 신뢰하거나 호감이 있으면 더 잘 통해 종종 쓰는 비법이다. 최후의 교섭권으로 엄마 카드를 쓰고 나서야 겨우 가족의 동의를 얻을 수 있었다. 내가 함박웃음을 지으며 자랑스럽게 산부인과 데스크에 도착하자 앤드리아는 웃으며 엄지를 치켜들었다. 산부인과 의사는 내 '엄마 카드 승소법'에 감탄을 금치 못하며 아빠인 자기 처지를 애통해했다.

우여곡절 끝에 의사 아홉 명과 스무 명 넘는 스태프가 큰 수술실에 모였다. 산모에게는 전신마취 뒤 제왕절개수술을, 아기에게는 EXIT(Ex-Utero Intrapartum Treatment·아기가 태어나자마자 탯줄로 산소 공급을 받을 때 마취해 기도 삽관하는 시술. 복잡하고 위험한 시술로 대부분 몇 주에 걸쳐 회의와 상담, 수많은 의료진의 준비로 이루어진다)를 시도했다. 모든 일은 완전무결, 성공 그 자체였다. 기도 삽관은 쉽게 이뤄졌고, 걱정하던 다른 응급수술도 필요 없었다. 번쩍이며 위엄을 자랑하던 수술 도구의 반이 그대로 철제통에 담겨 소독실로 돌아갔다. 우리는 불가능을 가능으로 만들어 아기의 생명을 구했다. 많은 의료진의 희생으로 이루어진 일이었다.

의사 네 명이 주말 밤 전화 한 통을 받고 병원으로 달려왔고, 수술실 의료진 열댓 명은 퇴근도 못하고 남아야 했으며, 자기 일이 아닌 일도 맡아서 해야 했다. 오로지 한 생명을 구하기 위해 많은 사람이 고충을 감수해야 했고, 위험도 무릅썼다. 그러한들 어떠하랴. 우리는 세상에서 가장 소중한 목숨을 구했는데. 보통 몇 주씩 걸리는 일을 준비 과정 없이 하룻밤 사이에 이뤄냈기에 다음날 아침 일찍 걸려온 의료 과장님의 전화는 피할 수 없었다. 목소리를 가다듬으며 지난밤의 화려한 모험담을 장황하게 늘어놓았다. 한참 동안 말없이 듣던 과장님은 마지막에 침을 꿀꺽 삼키며 물었다.

"그래서 진짜 EXIT를 한 건 아니죠?"

"아니요? 하나도 빼놓지 않고 진짜로 다 했죠!"

전화기 너머로 하얗게 질려 얼어붙은 과장님 얼굴이 진짜로 보이는 듯했다.

올리비아의 생일 파티는
매년 열린다

올리비아는 태어나기 전부터 우리 병원에서 유명한 아기였다. 올리비아의 작은 몸에는 선천적으로 비정상적인 장기가 너무 많았다. 횡격막이 제대로 자리 잡지 못해 장이 흉부 안으로 다 들어차 있었다. 가슴을 가득 채운 장은 폐의 정상적인 발달을 방해한다. 이런 경우, 의사는 부모와 상담을 통해 아기가 태어나기 전에 임신을 중단할지, 태어나면 어떤 치료를 할지, 아니면 자연스러운 죽음을 허락할지를 결정한다.

올리비아의 부모는 강경했다. 무조건 올리비아를 살려달라고 했다. 갑자기 새벽에 태어난 올리비아는 첫날 밤부터 고비였다. 폐조직이 잘 자라지 않은 데다 폐혈관도 문제였다. 밤새 산소 공급에 큰 어려움을 겪었다. 그 뒤로도 며칠 동안 산소 포화도가 고꾸라지고 혈압도 뚝뚝 떨어졌다. 많이 아픈 현재의 상태, 그리고 가깝고 먼 미래의 전망을 부모에게 세세히 설명했다. 지금도 올리비아는 많이 아파한다고. 더 힘들 미래, 그리고 불확실한 미래를 깜깜한 색으로 그려줄 수밖에 없었다. 조용히 예후를 듣던 부모는 조각상처럼 몸과 마음이 굳어진듯 보였다.

"우리가 올리비아를 포기하는 일은 오늘도, 내일도 없을 겁니다."

그렇게 말하는 부모의 목소리는 굼뜨게 깔려 병실 안 공기를 더 무겁게 만들었다. '포기'라는 말이 천근만근의 무게가 되어 내 가슴 위로 '쿵' 하고 내려앉았다.

올리비아는 수많은 수술과 소소한 시술을 끊임없이 필요로 했다. 아직도 흉관을 넣을 때 가늘게 떨리던 몸의 진동이 내 손끝에 진하게 남아 있다. 그 진동은 두꺼운 멸균장갑 두 겹을 뚫고 내 피부를 통해 혈관을 타고 심장까지 쭉 이어졌다. 더 큰 진동이 내 심장을 쥐고 흔들었다. 너무 큰 고통이 너무 작은 올리비아를 내리누르고 있었다. 설사 이 아픔을 이겨낸다고 해도 그 끝은 분명 어두웠다.

그러나 내 짧은 예측과 달리 올리비아는 모든 고비를 씩씩하게 이겨냈다. 각종 핀을 머리에 꽂을 정도로 숱이 제법 많아졌고 환하게 웃으며 재롱을 부리는 한 살 아기가 됐다. 아직 코에는 산소 줄이 달렸고, 전체적으로 발달이 늦지만 어떠하랴. 주변을 쨍하게 밝혀주는 귀여운 아기인데. 무수한 고난를 이겨낸 아기. 육아휴직이 끝나 회사로 돌아간 부모는 이

귀여운 아기를 보기 위해 퇴근 뒤 매일같이 병실로 또 출근 했다. 눈물로 밤을 지새우던 모습은 어느새 눈 녹듯 사라지고 환하게 웃으며 우리를 반겼다.

행복한 시간은 오래가지 않았다. 예상대로 올리비아의 병은 깊었다. 더 큰 병원으로 옮겨야 할 만큼. 금세 웃으며 돌아올 줄 알았던 올리비아도 다시 볼 수 없었다. 복잡한 수술 뒤 박테리아가 침투해 그 작은 몸은 끝내 이겨내지 못했다. 우리는 슬픔에 잠겼다. 올리비아의 퇴원식을 성대하게 치를 계획이었다. 준비했던 옷과 카드, 커다란 현수막, 각종 선물들, 모두 다 우리의 희망과 함께 쓰레기통에 처박히고 말았다.

그 뒤로 정든 올리비아 엄마, 아빠를 다시 볼 수 없을 거라 생각했다. 하지만 내 생각은 또 완벽하게 틀렸다. 그들은 환자 가족 대표를 맡아 병원을 찾았다. 회의나 행사가 있을 때면 더 자주 보였다. 햇살 같은 얼굴로 매번 가슴 터져라 나를 안아줬다. 마치 잃은 자식 찾은 것처럼. 게다가 병실 하나를 올리비아 이름으로 기증했다. 환자 가족과는 절대 SNS 친구가 되지 않는 동료를 설득해 친구가 됐다. 나도 그들과 온·오프라인 친구가 되어 자주 안부를 전한다. SNS에 아기를 잃은 경험과 그에 따르는 슬픔과 절망, 그리고 희망을 많은 사람과 나누고 있다. 올리비아의 개구진 얼굴이 담긴 사진과 세계 여행을 하는 사진도 종종 볼 수 있었다. 올리비아는 세상을 떠났지만 올리비아 사진은 아직도 전세계 곳곳을 여행하고 있다. 올리비아의 엄마가 SNS에 올린 글을 보면 아기를 잃은 엄마의 슬픔, 그리고 승화를 엿볼 수 있다.

"매일 사람들이 묻는다. 어떻게 사냐고. 어떻게 매일 아침에 일어나 세상을 증오하지 않을 수 있냐고. 올리비아를 잃은 뒤 변한 내 모습에 감사함을 느낀다. 아주 이상하지만, 지금의 내가 훨씬 좋다. 올리비아의 투쟁과 희생을 무의미하게 만들지 않을 것이기에. 올리비아는 순간순간을 축제로 만드는 법, 작은 성과에 기뻐하는 법을 가르쳐줬다. 인생은 짧고 예정된 것은 없다. 매 순간 모두에게 친절히 대하고, 사랑을 나눠라. 내일이 없는 것처럼…"

그들에게는 아기를 집으로 데려가는 것이 최종 목표가 아니었다. 그 과정에서 아기와 교감하고 추억을 만드는 것만으로도 충분했다. 어둡고 긴 터널 속이지만 잠깐이나마 행복을 느꼈다면, 잊을 수 없는 감정을 나눴다면 그 길 끝이 낭떠러지일지언정 어떠하랴. 내가 돌보는 아기가 결국 세상을 떠났다. 그럼에도 불구하고 잠시 안정적인 상태로 부모와 일분 일초를 더 의미 있게 보냈다면 내 정성이 헛된 것은 아니다.

올리비아는 이 세상에 없다. 그런데도 생일 파티는 매년 열린다. 햄버거집에서 파티를 열고, 그날 하루 나오는 수익을 모두 기부한다. 올리비아의 가족을 통해 배움을 얻은 것은 나뿐만이 아닐 것이다. 비록 차가운 몸으로 니큐를 떠나 앞으로의 삶이 허락되지 않더라도, 다른 형태의 삶이 존재할 수 있음을 깨쳤다. 그 삶이 누군가에겐 위로와 교훈을 주고 또 현실적인 기부가 될 수 있음을 알았다. 그 유산이 이어져 앞으로 있을 수많은 올리비아를 살리고 있다. 그렇게 올리비아는 계속 이 세상에 살아 있다.

차고에서 태어난 미숙아
서배스천

"교수님, 지금 10시 30분 예약 환자가 한 시간이나 늦게 도착했어요. 꽤 늦어질 텐데 진료 보시겠어요?"

"한 시간이나요? 어쩌다가요? 혹시 예약 취소하거나 오지 않은 환자가 있나요?"

"옆 병원 주차장에서 한참 헤맸나 봐요. 위탁 부모인데, 아마 오늘 진료가 취소되면 불이익이 있을 것 같아요. 다행히 한 환자가 취소했어요."

"우리 팀 모두에게 양해를 구하고, 괜찮다고 하면 진료 보도록 하죠."

아침 8시부터 발달 테스트를 받는 아기가 15분마다 속속 들이 도착해 한창 진료를 보고 있었다. 두 팀으로 나눠 영양, 발달, 사회 환경까지 점검하며 환자들의 복잡한 차트를 살폈다. 대면 진료를 마치고 회의를 통해 진료 계획과 보험·재정 문제까지 해결하느라 눈코 뜰 새 없이 바쁜 와중에, 한 시간이나 늦게 도착한 환자까지 보기란 거의 불가능했다. 그럼에도 작은 실수로 한 시간이나 늦어버린 위탁모의 심정을 헤아려 진료를 보기로 했다. 예약 환자 리스트를 클릭하자 익숙한 이름이 떴다.

'베이커, 남자아이(서배스천).'

햇살이 밝게 비치던 한낮, 어두침침한 차고에서 태어난 서배스천은 구급차를 타고 우리 병원으로 실려왔다. 신생아중환자실 회진을 돌다 전화 한 통을 받고 최고 속도로 뛰기 시작했다. 신생아중환자실 문을 세게 열어젖히고, 놀라 바라보는 수많은 눈을 뒤로하고 무조건 뛰었다. 치료실 문을 열자축 처진 작디작은 미숙아가 나를 맞이했다. 숨 쉴 힘조차 없는 아기였다. 재빨리 기도 삽관 튜브를 넣어야 했다. 신생아중환자실로 와 꼬박 몇 달을 정성을 다해 치료했다.

서배스천의 엄마는 여의찮은 상황에 곧바로 입양을 선택했다. 안아주는 부모가 없어, 아기 상태를 전달해줄 부모가 없어 서배스천에게 조금 더 마음이 쓰였다. 어느덧 퇴원날이 다가왔고 드디어 위탁 부모가 정해졌다. 당일 아침, 웬일인지 그들은 나타나지 않았다. 사회복지사의 전화를 받지 않던 위탁 부모는 마지못해 정부 사회복지사에게 전화를 걸었다.

"아기 상태가 생각보다 너무 나빠요. 겁이 나서 도저히 데려갈 수가 없어요. 정말 미안해요."

서배스천의 머리에는 뇌출혈이 있었다. 미숙아인 데다 병원에서 태어나지 않아 필요한 치료를 제때 받지 못했다. 그 작은 뇌는 한동안 극소의 산소를 맛보았으리라. 그 영향으로 팔다리가 지나치게 경직되고, 꼭 쥔 주먹은 좀체 펴질 못했다. 위탁 부모는 서배스천을 실제로 보자 앞으로 마주해야 할 시련의 강이 깊음을 감지했다. 결국, 서배스천을 데리고 가지 않았다.

　하루 이틀이 흘렀을까. 환한 형광등이 비추는 중환자실 문 앞에서 금빛 머리와 핑크빛 미소를 가진 중년 여성과 마주쳤다. 그 미소가 따뜻해 금세 알 수 있었다. 우리 서배스천을 안아줄 사람이라는 것을. 그렇게 서배스천은 그의 집으로 떠났다. 다시는 볼 수 없겠구나 생각했다. 보통 아기가 태어나면 차트에는 엄마의 성과 함께 '남자아이' 또는 '여자아이'라고 쓰인다. 퇴원을 기점으로 실제 이름과 성(대부분 아빠의 성)으로 바뀌므로, 외래에서는 이름만으로 그 아기가 누구인지 알 수 없다. 다만 서배스천은 퇴원해 위탁 가정으로 갔기에 이름이 바뀌지 않았다.

　그래서 서배스천을 한눈에 알아볼 수 있었다.

'태어나서 만난 첫 의사가 나였는데, 첫 외래 진료에서 만난 의사가 또 나일 수도 있구나.'

서배스천과 나의 인연은 얼마나 특별하고 소중한 걸까. 대부분의 아기는 처음 만난 의사가 99.9퍼센트 산부인과 의사일 것이다. 서배스천은 집에서 태어나는 바람에 구급차를 타고 나를 먼저 찾았다. 아울러 외래 진료 전담 교수가 잠시 없는 사이, 웬만하면 늦게 도착한 환자를 보지 않는 진료소에서 우여곡절 끝에 나를 다시 만났다. 반가운 마음에 서둘러 진료실에 들어갔다.

"서배스천, 그동안 잘 지냈어? 안녕하세요, 그동안 어떻게 지내셨어요?"

인사를 마치기 바쁘게 나를 보며 까르르 웃는 서배스천의 웃음에 형언하기 어려운 행복의 감정이 치솟았다. 내 아이가 나에게 처음 사랑한다고 말했을 때보다 더 큰 행복이 나를 감쌌다.

"안녕하세요, 교수님. 저희는 잘 지내고 있어요. 서배스천이 얼마나 예쁜지 몰라요."

자신이 낳은 아이 여섯 명과 서배스천을 키우는 위탁모는 곧 서배스천을 정식으로 입양할 계획이라고 했다. 서배스천을 낳아준 엄마가 지어준 이름, 서배스천은 바꾸지 않을 것이라고 덧붙이며.

서배스천은 퇴원 전보다 사지 경직이 심해졌고, 약을 두 가지나 더 추가해서 복용하고 있었다. 두 시간 동안 갖가지 테스트와 상담, 진료를 하고 앞으로 더 필요한 재활 치료를 추가했다. 집에서 할 수 있는 운동을 알려줬다. 상태가 더 심해질 수 있다는 우려의 말도 덧붙였다.

"아이들이 서배스천을 너무 예뻐해서 여섯 명이 돌아가며 안아주고 놀아주고 있어요. 바닥에 누일 일이 거의 없을 정도예요."

위탁모가 사랑스러운 눈길로 서배스천을 바라보며 툭 던지는 말에 왈칵 눈물이 치고 나왔다. 차고에서 미숙아로 태어나 곧바로 치료받지 못해 뇌손상을 입은 아기. 친엄마도, 첫 번째 위탁 부모도 포기한 서배스천. 출생과 함께 온 불행은 이렇게 사랑이 넘치는 최상의 위탁 가정을 만나 입양될 축복으로 바뀌었다.

"어머님, 이렇게 사랑으로 키우고 재활 치료도 받으면 우리 서배스천이 비록 걷지 못할 수도, 지금보다 경직이 더 심해질 수도 있지만 분명 현명하고 똑똑하게 클 거예요."

나의 작은 위로에 그의 눈이 반짝 빛났다. 그의 얼굴이 빛나자 서배스천이 더 환하게, 더 크게 웃었다. 평생 내 머리에 박제될 그 웃음으로, 내 세상도 빛으로 가득했다.

함께한 99일,
99개의 풍선이 되어

한 연구결과[3]에 따르면 캐나다 온타리오주에서 지난 20여 년간 태어난 13번, 18번 삼염색체 증후군을 가진 아기 대다수는 죽었다. 그러나 10퍼센트는 10년 이상 살았다. 그중 수술 받은 아기가 첫돌을 맞을 확률은 70퍼센트나 됐다. 이 연구 결과가 발표됐을 때, 나와 내 동료들은 머리를 긁적였다. 우리가 치료한 13번, 18번 삼염색체 증후군을 가진 아기의 부모 중 대다수는 불필요한 수술이나 연명 치료에 동의하지 않았다. 물론 의료진과 충분히 상담한 결과다. 지역마다, 또 의사마다 의료 행위가 다를 수 있다. 어느 병원이나 '문화'라는 것이 있는데, 우리 병원의 문화는 극심한 고통 속에서 죽을 확률이 높은 아기의 삶을 억지로 연장하지 않는다는 것이었다.

이 연구 결과를 마주하고도 '그래, 사람마다 다르니까 이해할 수는 있어' 하고 무심히 넘겼다. 그러던 어느 날, 이 특별한 환자군을 다르게 보는 계기가 있었다. 논문도 동료 교수도 아닌, 바로 앨리스라는 졸업을 앞둔 3년 차 레지던트의 발표였다. 앨리스는 먼저 영상을 틀었다.

비디오는 '친애하는 엘리엇에게'라는 담담한 아빠의 목소리로 시작한다. 이어 18번 삼염색체 증후군을 가진 엘리엇의 모습이 담긴 영상과 사진이 스크린을 가득 메웠다. 태어나기 전부터 기적을 바라며 기도했기에 죽지 않고 세상에 나온 엘리엇을, 아빠는 기적이라고 불렀다. 매일매일 엘리엇이 태어난 시간에 맞춰 생일 파티를 열고 사진을 찍었다. 3개월이 지나 엘리엇이 입원했던 신생아중환자실을 방문해 의료진과 인사를 나눌 때는 마치 대통령이 된 아들을 본 것 같이 자랑스러웠다고 고백했다.

엘리엇은 태어난 지 99번째 되는 날 하늘로 떠났다. 부모는 장례식에서 함께 보낸 날을 기념하기 위해 99개의 풍선을 날려 보냈다.

'아들아, 곧 만나자. 지상에서의 우리 시간이 끝났으니, 하늘에서 만나자. 엄마, 아빠가.'

평온한 목소리로 끝맺는 비디오 때문에 진한 침묵과 뜨거운 눈시울이 강당을 가득 채웠다. 나도 어느새 감동과 슬픔에 젖었다. 청중이 좀 진정되자 앨리스는 본격적인 발표를 시작했다. 앨리스는 이 질환이 있으면 치료를 최소한으로 줄이는 우리 병원 문화에 변화를 촉구했다. 그는 기본부터 천천히 설명하면서 깊이 있게 무거운 주제를 파고들었다. 모든 청중의 가슴에 강한 바람이 일어나 마음이 풍선처럼 둥실둥실 날아 올랐다.

예전에는 13번, 18번 삼염색체 증후군이라면 고통 완화 치료를 권유했다. 고통을 완화해준다는 명목하에 진통제와 안정제를 투여해 자연스러운 죽음을 편안하게, 그러나 조금은 빠르게 유도했다. 그 행위가 진정으로 환자를 위하고 가족을 위하는 일이라 믿었다. 지금은 다르다. 각자 고유의 상황이, 또 가족이 원하는 바가 다르다고 믿는다(다만, 고통이 수반되는 수술이 필요 없고, 현재 고통이 없다는 전제하에서만 가능하다. 아무리 가족이 원해도 아기가 통증을 느낀다면, 동의할 수 없다). 자가 호흡이 가능하고 간단한 콧줄로 영양을 공급한다면, 생을 조금 연장해 아기와 추억을 쌓을 수도 있다. 짧게는 며칠, 길게는 몇 달이지만 가족이 간직할 추억과 행복은 영원할 수 있기 때문이다.

앨리스를 통해 깊은 깨달음을 얻었다. 매일 마주치는 삶과 죽음, 탄생과 입원, 그리고 우여곡절 끝에 맞이하는 퇴원. 이 모든 것에 조금씩 익숙해졌나 보다. 아니면 가르침이 주어진 대로, 우리 병원 문화에 배어 다른 선택지는 아예 들여다

보지 않았는지도 모르겠다. 아이들이 커가는 모습을 보며 대부분의 부모는 억만금을 주고서라도 다시 시간을 되돌리고 싶다고 말한다. 그 소중한 시간을 지켜줄 수도 있었다. 병원에서의 짧은 시간이 아닌, 엘리엇처럼 몇 달을 함께 보낼 수 있는 시간을 우리가 앗았던 건 아닐까. 학문적 무지, 무심한 비인식, 좁은 식견으로 가족과 아기를 이어주는 다리를 우리가 무너뜨린 건 아닐까.

몇 달 뒤 캐나다에서 열린 학회에서 앨리스와 조우했다. 뉴욕에서 펠로우로 아직 수련 중이라고 전했다. 앨리스다운 선택이었다. 밝게 웃는 그를 안아줬다. 큰 가르침을 줘서 고맙다는 마음을 가득 담아. 앨리스는 나 말고도 의료 방침을 바꾼 교수가 많다고 했다. 앨리스의 아름다운 진심이 곳곳에 통한 모양이었다. 학회가 끝나고 우리는 서로 반대편으로 날아갔다. 비행기 안에서 내가 만난 13번, 18번 삼염색체 증후군 아기들의 얼굴을 한 번씩 떠올려봤다. 왠지 비행기 창밖으로 그 아이들의 수만큼 풍선이 날아오르는 것만 같았다.

차마 버리고 갈 수 없는
어미의 마음

"사망 시각, 19:34."

나직이 뱉은 말이 병실의 공기를 울렸다. 잠시 진동하다 마침내 바닥으로 툭 떨어졌다. 가장 하고 싶지 않은 말이지만, 할 수밖에 없는 말을 끝으로 아기의 삶이 저물었다. 부모에서 이제 유족이 된 가족의 반응을 알 수 없어 몸이 굳었다. 갑자기 엄마가 벌떡 일어났다. 누가 쫓아오는 듯 급박한 몸짓이었다.

"이제 기저귀를 갈아야겠어요. 우리 애가 젖은 기저귀를 싫어하거든요."

내 몸이 움찔했다. 카메라 롤이 돌아가다 '탁' 멈추는 그 순간처럼. 간호사의 눈빛이 확연하게 흔들렸다. 아빠의 흐느낌도 영화 필름이 멈춘 듯 딱 그쳤다. 답답한 침묵 속, 엄마는 바쁜 손길로 아기 기저귀를 갈았다.

"이제 집에 가야겠어요. 카시트 이리 주세요."

참다 못한 아빠가 엄마를 안으며 아기 어르듯 달랜다.

"여보, 그럴 수 없다는 걸 알잖아요."

엄마는 마치 유괴범이 헨리를 데려가기라도 하는 듯 아빠를 거칠게 막아섰다. 그는 쓰러질 듯 뒤뚱대며 겨우 몸의 중심을 잡았다.

"어머님, 헨리는 집에 갈 수 없어요. 원하는 만큼 여기서 헨리를 안고 계셔도 되지만, 헨리는… 헨리는 지하실로 가야 해요."

차마 시체 안치실로 간다고 말할 수 없었다.

"그래, 여보. 헨리는 곧 시체 안치실로 가야 해. 거기 냉장고에 들어가야 돼."

헨리의 아빠는 매사 기계적이고 정확한 표현을 선호하는 사람이었다. 그의 단어 선택이 너무 적나라해 조금씩 마음이 불편해지기 시작했다. 그렇다고 딱히 틀린 말도 아니라 고칠 수도 없었다.

"그렇지만 카시트가 있다고요. 카시트가 있으니까 이제 집에 갈 수 있어요."

병원이 떠나가라 소리치는 엄마에게 어떤 위로도 들리지 않을 것이다. 달래거나 말릴 수 있는 경지를 넘어선 엄마의 절규만 비명이 되어 새어나오고 있었다.

헨리는 꼬박 일 년 가까이 신생아중환자실에서 갖가지 치료를 받았다. 부모도 언젠가는 헨리가 퇴원할 날을 꿈꾸며 갖은 고초를 견뎌냈다. 거듭된 폐 손상은 줄곧 헨리를 지독하게 괴롭혔다. 오르락내리락하는 산소 포화도 변화만큼 엄마는 웃고 또 자주 울었다. 그래도 그녀는 언젠가는 헨리와 함께 집에 가리라는 희망을 놓지 않았다. 한동안 산소 줄만 필요했으나 헨리의 폐가 버티지 못하고 다시 인공호흡기를 달자, 그녀는 주저앉고 말았다. 최대치의 치료가 꽤 오랫동안 지속됐다. 뿌연 바다 위의 물안개처럼 시간이 모이고 흩어지기를 반복했다. 헨리의 시간은 실체가 없는 것처럼 그의 주변만 맴돌았다. 시계 초침이 째깍대며 몰고 온 그 시간만큼 헨리의 폐가 치유될 줄 알았는데, 헨리는 시퍼런 색을 띠고 죽은 듯이 잠만 잤다. 그리고 결국 깨지 않았다.

병실 안에서 엄마와 아빠는 대치 중이었다. 아니, 총칼 없는 전쟁이 벌어지고 있었다. 헨리를 좀체 내려놓지 않는 엄마와 그런 엄마를 만류하는 아빠. 벽에 걸린 시간만 섧게 빛나고 있었다. 엄마를 위로할 수만 있다면 헨리를 곱게 단장해 카시트에 넣어주고 싶었다. 카시트를 들고 미소를 지으며 떠나는 그들을 나도 보고 싶었다. 하지만 어느 병원도 사망 선고가 방금 내려진 시신을 바로 내주지는 않는다. 그들의 마음을 어루만져줄 수만 있다면, 내가 병원장이 되어서라도 보내주고 싶었다. 꼬박 반나절을 맞서 버티던 엄마와 아빠는 결론에 다다랐다. 헨리를 집으로 데리고 가지 않기로. 보통 아기의 시신은 작은 바구니 침대에 옮겨 간호사의 손길로 영안실로 내려간다. 엄마는 계속되는 아빠의 간청에 헨리를 품에 안고 지하실로 향했다. 직접 안치실로 헨리를 들여보냈다. 문이 닫히자, 엄마의 울음이 지하실 복도에서 메아리쳤다. 눈 뜨고는 못 볼 광경, 뚫린 귀도 틀어막고 싶은 악몽이 넘실댔다. 헨리와 함께라면 평생이라도 보관실에 있으려는 엄마가 어둠에 지워지고 있었다.

2018년 여름, 엄마 범고래 J35는 태평양에서 새끼를 낳았다. 새끼는 아마도 태어난 지 몇 분이 되지 않아 죽었거나, 이미 죽은 채로 태어났으리라. 엄마는 죽은 새끼를 17일 동안 밀어 나르면서 1600킬로미터 이상을 이동했다. 지친 엄마를 도와 범고래 무리들이 번갈아 새끼를 미는 모습도 보였다. 가까운 친척들은 엄마를 둘러싸며 함께 이동했다. 과학자들이 연구한 이래 가장 긴 사례라고 한다. J35는 그를 추적하던 과학자에게 다가가 죽은 새끼를 보여주기도 했다. 애도의 여정을 알아달라는 듯이. 죽은 새끼 범고래 머리와 주둥이를 수면 위로 밀면서, 혹시라도 살아나리라 기대한 걸까. 아니면 죽은 새끼일지언정 버리고 갈 수 없는 어미의 마음이었을까. 강한 애착으로 차마 죽은 아기를 놓아줄 수 없었을지도 모른다. 기나긴 여행 중, 어미와 새끼 사이에는 삶과 죽음의 경계가 모호해졌을지도 모르겠다. 어미의 사랑 앞에서는 삶도 죽음도 뒤섞여 시간조차 아무 의미가 없었으리라.

내가 사랑하는 아이의 심장이 뛰지 않으면 어떠랴. 엄마에게는 아직 살아 숨 쉬는 아이인 것을. 내 사랑인 것을. 에밀리 디킨슨이 널리 알린 것처럼 세상엔 "사랑밖에 없다. 그것만으로도 차고 넘쳐서. 그 사랑의 무게만큼 자국이 짙게 남더라도".[4] 그곳에는 오직 사랑만 있다. 세상에서 가장 위대한 그것, 엄마의 사랑.

니큐 엄마에서
니큐 간호사로

말간 눈빛에 여드름이 뒤덮힌 볼. 방금 아기를 낳은 미나는 고작 16세 아이였다. 자신의 미래를 꿈꾸는 일만으로도 버거울 텐데, 이제 아이의 미래까지 걱정해야 하는 엄마가 되었다. 보험이 없어 '쇼핑몰'에서 처음으로 초음파를 받았다고 했다. '아기의 장이 배 밖으로 나와 있다'는 검사 결과를 듣고 많이 울었다고 했다. 임신 8개월 차, 갑작스런 진통으로 가까운 병원을 찾았다. 출산을 늦추려고 노력했으나, 제시는 참을성이 없는 아기였다. 창자가 배꼽을 통해 배 밖으로 나와 있었다. 핑크빛 내장이 얇고 투명한 막으로 쌓여 있어, 멀리서 보면 뇌가 밖에 나와 있는 것 같았다. 탯줄이 끝에 대롱대롱 달려 있어 뇌가 아니라 배꼽탈장임이 확실했다. 크기가 5센티미터를 넘으면 거대 배꼽탈장이라고 불린다. 제시는 거거대 배꼽탈장이라고 불릴 만큼 그 크기가 비대했다.

거대한 볼링공이 배를 누르고 있어서인지 제시는 숨이 가빴다. 기도 삽관을 피할 수 없었다. 한 번 들어간 튜브는 힘겹게 나오기도 했다. 기관절개술 후 인공호흡기는 제시와 떨어질 줄 몰랐다. 기나긴 8개월의 입원 기간 동안 세상의 모든 합병증이 제시를 찾아온 것 같았다. 폐동맥과 대동맥을 연결해주는 혈관이 제때 닫히지 않아 수술을 해야 했다. 또 온몸 곳곳에 균이 침투했다. 온갖 종류의 박테리아가 배꼽탈장 막부터 시작해 요도, 신장, 기도를 공격했다. 항생제를 수도 없이 맞아야 했다. 그 볼링공은 배도 모자라 심장까지 압박했다. 심박수가 260까지 치솟았다. 투여해야 할 약이 하나 더 늘었다. 붕대를 칭칭 감아 싼 볼링공 안의 장을 몇 달 혹은 몇 해에 거쳐 서서히 배 안으로 집어넣어야 했다. 반도 채 들어가지 않았는데, 제시의 호흡기 상태가 악화되었다. 태어날 때처럼 이번에도 제시는 기다리지 않고 떠났다.

8개월 내내 신생아중환자실에서 제시 곁을 지킨 건 엄마 미나였다. 미나는 제시가 아파하면 함께 울었고, 조금 나아진 제시가 웃으면 같이 웃었다. 제시의 병실에 들어가면 마치 파티장에 온 것 같았다. 벽을 가득 채운 장식물. 곳곳에 붙여진 사진들. 커텐마저 병원 커텐이 아닌, 바닷속 색깔에 방울방울 갖가지 색이 수놓인 맞춤 커텐이었다. 어느 봉사자가 손으로 직접 만들어 기증한, 고귀한 예술 작품이었다. 바닥에는 놀이방에서나 볼 수 있는 두툼한 유아용 폼 매트리스가 놓여 있었다. 매일매일 환자가 아니라 가끔은 여느 아기처럼 바닥에 앉고 누울 수 있게끔 말이다. 밸런타인데이에는 빨강 분홍 하트가 온 방을 가득 채웠다. 물방울무늬 원피스를 둘이서 맞춰 입고 사진을 연달아 찍었다.

미나는 인터넷에서 만난 어느 엄마에게 특별히 주문했다며 수줍게 웃었다. 성패트릭데이에는 초록색 클로버가 천장 곳곳에 대롱대롱 매달려 있었다. 제시는 세상에서 제일 귀여운 요정으로 변신했다. 한 여름 독립기념일에는 최고 애국자가 되었다. 미국 국기와 별들로 온 병실이 빛나고 있었다. 긴 병원 생활이었지만, 이 밝고 환한 바닷속 성에서 어떤 기념일도 파티로 만들어 즐겼다. 제시와 미나는 그렇게 추억의 성을 쌓았다.

그러나 결국 모래로 만든 성은 깊게 들어온 파도에 무너지고 말았다. 미나는 세상에서 가장 소중한 것을 잃었다. 너무 어려 그 아픔을 이겨내지 못할까 염려가 되었다. 몇 주가 지나고 전화를 받은 미나는 예상보다 훨씬 더 밝은 목소리로 나를 감동시켰다. 아직까지 우는 날이 웃는 날보다 많지만, 잘 지내고 있다며 오히려 울먹이는 나를 위로했다. 전화기 선 너머로 보이지 않는 손이 나를 안아주는 것 같았다. 나도 미나를 내 목소리로 가만히 안았다. 8개월 동안 만든 소중한 순간들 덕분에 살아갈 수 있다고, 그녀는 말했다. 비록 세상에는 없지만 제시는 영원히 자신과 함께한다고. 늘 가지고 다니는 제시의 사진을 언제든지 꺼내 볼 수 있어 행복하다고.

어느새 고등교육 시험을 치른 미나는 간호대로 진학했다. 신생아중환자실 엄마에서 간호사로 탈바꿈하기 위해. 자신이 받은 사랑을 보답하고 싶다고. 기적이 행해지는 곳에서 추억을 만들 수 있었으니, 이제는 그 기적의 한 부분이 되고 싶다고. 자신의 인생을 바꾼 곳인 만큼 앞으로 치료할 아기의 인생도 바꾸고 싶다고. 또 그 아기의 가족들도.

《알레프》라는 책에서 파울로 코엘료는 불멸의 진리를 나눴다.

"우리는 사랑하는 사람들을 절대로 잃지 않아요. 그들은 우리와 함께합니다. 그들은 우리 생에서 사라지지 않아요. 다만 우리는 다른 방에 머물고 있을 뿐이죠."

그 병실을 지날 때마다, 화려한 장식품, 사진이 가득했던 벽, 바다 빛깔 커튼이 보이는 듯하다. 살짝 열린 병실 문틈으로 제시와 미나의 웃음소리가 들리는 것만 같다. 언젠가는 상상 밖 미나의 웃음소리가 우리 신생아중환자실을 맑고 크게 울릴 것이다.

슬픔 안에서
살아남는 방법

성수가 뿌려졌다. 세례식이 끝났다. 갑자기 심전도가 일자를 그렸다. 심장 박동수도 산소 포화도도 이상한 포물선을 그리며 전혀 읽히지 않았다.

"어머나 세상에. 이런 일도 있네요."

당황한 간호사가 아기를 둘러싼 가족과 종교 지도자들을 밀치고 들어갔다. 모니터를 고쳐야 했다. 이리저리 두들겨봐도 소용없었다. 모니터에 연결된 단자 전체를 교체하고 나서야 생체징후가 보이기 시작했다.

"진짜 이런 일은 처음 봐요. 세례식이 끝나자마자 이런 일이 있다니요."

간호사는 20년 동안 이런 일은 한번도 없었다며, 불안을 감추지 못했다. 중환자실 모니터에는 심전도, 심박수, 혈압, 호흡수, 산소 포화도가 꾸준히 계측되어 나온다. 중환자실에서는 생체징후야 말로 목숨 걸고 지켜야 할 것이기에, 모니터가 잘못된다거나 꺼진다거나 하는 일은 있을 수 없다. 그런데 하나도 아닌 모든 생체징후가 갑자기 사라진 적은 처음이었다. 덕분에 미신을 믿지 않는 나조차 소름이 오스스 끼쳤다.

날이 흐느낀다고 느낄 만큼 궂은 아침, 급작스런 진통이 시작됐다. 샬럿의 아빠는 어린아이 둘과 아내를 데리고 서둘러 병원으로 향했다. 샬럿은 제왕절개로 세상에 나왔다. 숨을 쉬지도 움직이지도 않았다. 네 명의 의사가 시도해서 겨우 기도 삽관이 가능했다. 보랏빛을 띠던 아기가 생기가 도는 살구빛으로 변했다. 한시름 놓았다고 생각했을 때, 피가 멈추지 않았다. 여러 번의 삽관 시도로 입이 약간 찢어져 있었다. 임시방편으로 봉합 테이프로 처치를 했는데도 시뻘건 피가 줄줄 흘렀다. 게다가 입안에도 피가 가득 고여 있었다. 간단한 시술을 하는 데도 후두둑 피가 솟구쳤다. 아무리 혈액을 쏟아부어도 피가 멈추지 않았다. 뭔가 잘못되었음을 직감했다. 미숙아라지만 얼굴 형태나 눈, 코, 입의 모양이 사뭇 남달랐다. 구개열도 있었고, 무엇보다 성별이 확실치 않았다. 얼핏 보면 미숙아 여자 아기인데, 자세히 보면 남자 아기인 것도 같았다.

한창 치료에 매진하고 있는데, 아빠가 공주님 두 명을 안고 병실로 들어섰다. 두 살, 네 살쯤 되었을까. 바비인형 같이 예쁜 아이 둘이 화려한 드레스를 입고 있었다. 아마도 집에서 티 파티를 벌이다 병원으로 직행했으리라. 가만히 동생의 얼굴을 들여다보는 아이들의 얼굴이 환하게 빛났다.

"안녕! 난 네 언니야."

"나도 네 언니야. 사랑해, 동생아!"

신난 언니들은 앞다투어 인사를 건넸다. 아기 새들의 지저귀는 노래로, 선명한 생의 기운이 만개했다. 아이들의 천진함과 사랑스러움으로 병실의 온도가 바뀌는 것이 온몸으로 느껴졌다.

그 따스함이 전달되었을 텐데도 샬럿은 좀체 나아지지 않았다. 이미 입원하자마자 샬럿의 부모와 어느 정도까지 치료할지를 결정했다. 가끔 사랑은 더하기가 아니라 빼기라는 걸 잘 알고 있는 부모였다. 세례를 요청해, 여러 성직자들이 병실에 모였다. 각자의 방식으로 종교의식을 거행했다. 나도 함께 손을 모았다. 간절히 기도했다. 그때였다. 모니터의 생체 징후가 감쪽같이 사라진 것은.

얼마 지나지 않아 죽음의 피비린내가 아기의 피비린내와 뒤섞였다. 급하게 가족을 호출했다. 엄마와 아빠, 그리고 언니 둘. 드디어 온 가족이 함께 모였다. 죽음의 보라색이 도는 샬럿을 향해 엄마는 아이들을 품에 안고 숨죽여 말했다.

"이제 동생과 마지막 인사를 나눠야 돼."

지금까지 세상에서 마주친 어려움이라고는 드레스를 고르는 게 다였을 소녀들이 되물었다.

"왜요? 왜요?"

잠시 말문이 막힌 엄마는 숨을 멈췄다. 숨을 고른 엄마는 다시 아픈 아이 달래듯 말했다.

"우리가 마지막 인사를 해야 할 시간이 된 거야."

"왜요? 도대체 왜요, 엄마?"

"그럴 때가 있어… 지금이 그런 때야."

병실 안에 있던 어린 간호사를 필두로 다들 침을 꿀꺽 삼켰다. 간호사 몇몇은 조용히 병실을 나가 울음을 삼켰다. 병실 안에서는 아이 우는 소리가 어른 우는 소리를 잠재우고 있었다. 아주 오랜만에 갓난아기도 어른도 아닌 사람의 울음소리가 신생아중환자실 안에서 메아리쳤다. 어떤 울음소리보다 더 큰 울림으로 모두를 흔들어대고 있었다. 슬픔으로만 쌓은 집이 있다면 바로 여기, 내 앞에 우뚝 서 있었다.

한 가족에게 죽음이 찾아오면, 어린아이들은 관심과 애정을 받지 못한다. 아이들은 대우받지 못하고 무시당하며 자신의 슬픔이 부정당한다고 느낀다. 세상에 나온 지 여섯 시간만의 이른 죽음. 아이들에게 감출 수도 있었을 것이다. 하지만 부모는 두 아이를 가족의 일원으로 온전하게 받아들이고, 출생과 죽음을 함께 함으로써 더 큰 사랑을 완성했다. 나이를 초월해 기쁨도 슬픔도 나누는 진정한 가족의 완성이었다.

며칠 뒤, 유전학과에서 연락이 왔다. 샬럿의 유전자 검사가 나왔다고. 진단명은 3배체성. 정상적인 46개 대신 69개의 염색체를 가진 태아는 보통 임신 초기에 유산된다. 태어나도 바로 사망한다. 1만 명 중 한 명이나 살아서 나올까. 나 역시 단한 번도 본 적이 없었다. 샬럿은 언니를 만나고 싶어서, 언니와 티 파티를 하고 싶어서 잠시나마 소풍 나왔을지도 모른다.

전화로 결과를 알리고 안부를 나눴다. 해맑은 아이들의 목소리가 아빠 목소리와 겹쳐 들렸다. 안도의 한숨이 절로 나왔다. 몇 주 뒤, 더 밝은 목소리로 전화를 받았다. 아빠는 아이들과 공원에 가는 중이라고 답했다. 기대감에 붕 뜬 목소리였다. 아이 둘을 보살피느라 너무 바빠, 슬픔을 느낄 여유조차 없다며 그가 웃었다. 깃털 같은 웃음이었다. 샬럿 언니들의 까르르 웃는 소리가 차 안을 가득 채워, 그의 목소리가 자꾸 묻혔다. 웃음소리만으로도 엄마, 아빠를 간지럽힐 수 있는 아이들이었다.

수녀였던 예술가, 코리타 켄트Corita Kent는 "순간을 사랑하라. 그 순간의 에너지가 모든 경계 너머로 퍼질 것이다"라는 명언을 남겼다. 깊은 슬픔에 빠져 있기보다, 가끔 찾아오는 '반짝이는 순간'에 집중하면 상실 후의 삶을 이어갈 수 있을지도 모른다. 물론 한 아이의 부재를 다른 아이들로 채울 수는 없다. 하지만 살아갈 이유가 하나라도 있다면, 애도의 과정이 조금 덜 괴로울 수 있다. 남편을 눈앞에서 잃은 심리치료사 메건 더바인Megan Devine은 슬픔은 아픔과 괴로움을 가져다준다고 밝혔다. 아픔은 줄지 않지만, 괴로움은 선택할 수 있다고. 슬픔 안에서 살아남는 방법은 아픔을 없애는 것이 아니라 괴로움을 줄일 수 있는 일을 찾는 것이라고 강조한다. 사랑과 관심이 필요한 것이 무엇인지 아는 데서 시작한다고. 로버트 프로스트도 경고했다. 위안을 받지 않고, 혼자 힘으로 극복해보려는 사람들은 틀림없이 슬픈 결과를 맞는다고. 혼자 견디지 않고 아이들과 나누는 애도로, 또 가끔 오는 색색의 비눗방울 같은 순간들로 슬픔의 집 안에는 괴로움이 조금씩 닦여 나갈지도 모른다.

"순간을 사랑하라.
그 순간의 에너지가 모든 경계 너머로 퍼질 것이다"

제5부

_____

더 큰 사랑을

실천하는
법

부모의 마음을
알 수 있을까

똑똑. 노크를 하고 병실로 들어갔다. 침대에는 부드러운 황금빛 곱슬머리를 가진 엄마가 화장기 없는 얼굴로 환자복을 입고 앉아 있었다. 침대 건너편 소파에는 부스스한 얼굴의 아빠가 반쯤 누워 있다 나를 보고는 벌떡 일어나 앉았다.

"안녕하세요. 신생아분과 닥터 황입니다. 산부인과 의사가 제가 올 거라고 말씀드렸지요?"

"네, 안 그래도 기다리고 있었어요."

엄마는 불안한 눈빛을 이겨내려 애써 웃음 지었다. 임신 28주 차에 갑자기 양수가 터져 입원하게 된 엄마는 창살 없는 병원에 갇히고 말았다. 그런데 그동안 잘 크던 태아의 심박수가 솟구쳤다. 산부인과 의사는 곧 제왕절개를 할 거라며 부모와 재상담을 요청했다. 이미 2주 전에 상담을 한 데다 닥터 구글에게 매일 질문을 했을 부모여서 30주 아기 분만실 과정과 입원 과정을 다시 쭉 읊어줬다. 특별한 질문도 어떤 그늘도 없어 보이는 젊은 부부였다. 엄마는 집에 세 살된 남자아이가 있다며, 분만하고 집에 가서 아이를 볼 생각에 기쁨을 감추지 못했다.

생살도 저밀 듯한 날카로운 수술 등이 엄마의 배를 환히 비췄다. 곧 1.5킬로그램 남자 아기가 자신의 탄생을 알렸다. 우렁찬 울음소리로. 신생아중환자실로 옮겨 감염 검사를 한 후 항생제를 투약했다. 하루에도 몇 번씩 있는 익숙한 미숙아 입원 과정이었다. 두 시간 후 저녁 회진을 돌고 있었다. 아기가 끙끙대며 힘겹게 숨을 내쉬고 있는 게 아닌가. 기도 삽관이 필요했고, 제대정맥동맥관 확보가 시급했다. 적막한 시골길을 그 흔한 가로등 하나 없이 걷는 듯한 행진이 이어졌다.

최대한의 치료를 동원해도 아기는 좀처럼 나아지지 않았다. 무서운 박테리아 감염이었다. 2주 동안 양수가 터진 상태임에도 불구하고, 태아의 상태가 좋아 굳이 분만하지 않았다. 초미숙아로 태어나 마주할 위험이 조기양막파열보다 크기 때문이다. 어느새 감염된 아기의 심장박동수는 크게 올랐다. 아기가 세상으로 보낸 SOS신호였다. 박테리아에 감염되었으니 꺼내달라는. 세상에 나와 항생제를 맞아도 작은 몸으로 무시무시한 박테리아를 이길 수는 없었다. 돌이켜보니 초미숙아로 태어나는 것이 나을 뻔했다. 대부분 환자에게 옳은 선택도 불운이 겹치면 틀린 결정이 될 때가 있다. 그게 죽음을 불러들일 때도 있다.

동이 터오고 중환자실 창문 밖으로 금싸라기 같은 햇빛이 아기 침대 한쪽을 밝혔다. 햇빛은 환하게 들어오는데 나는 아직도 암흑을 걷고 있었다. 두 눈은 뜨고 있는데 앞은 아득하기만 했다. 무엇을 해야 이 어둠을 뚫고 나갈 수 있을까. 답이 보이지 않았다. 그렇다고 차마 포기할 수도 없었다. 새로 팀을 꾸려 이른 아침에 출근한 간호사와 호흡치료사를 지휘해 전진을 시도했다. 새로운 약을 달고 인공호흡기를 조절하니 생체징후가 솟아오르기 시작했다. 나와 교대하기 위해 출근한 동료들의 얼굴이 반가움에서 걱정과 근심으로 바뀌는 데에는 1초도 걸리지 않았다. 나의 처참한 몰골이 지난밤의 어려움을 온몸으로 표출하고 있었다. 밤새 고됨을 안아주고 이미 한 치료에 박수를 보내주었다. 내가 퇴근한 뒤, 아기의 상태는 점점 악화되었다. 무슨 수를 써도 고치기 힘든 것이 신생아 그것도 미숙아 대장균 패혈증이다. 다음날 아침, 예상했던 비보가 날아들었다. 당장 병원으로 달려가 그들을 안아주고 함께 울고 싶었다. 꾹 참고 때를 기다렸다. 나의 미성숙한 감정과 반작용 같은 반응으로 그들의 무거운 짐을 배가하고 싶지 않았다. 내 울음에 그들의 슬픔이 오염될까 두려웠다.

아기를 잃은 가족에게 며칠 뒤, 그리고 몇 주 뒤에 전화를 걸었다. 하지만 아기의 엄마는 몇 주째 전화를 꺼놓은 데다 사서함도 꽉 차 있어 메시지도 남길 수 없었다. 아마 그 누구와도 통화하고 싶지도, 할 수도 없는 상황인 듯했다. 집에서 세 살배기 아이와 시간을 보내고 있을까? 힘든 상황에서도 농담을 건네던 남편과 가끔 웃으며 지낼지도 모른다. 모쪼록 편안하기만을 기도했다. 그것밖에 할 수 없어서, 내가 마치 쓸모없어 버려진 신발 끈 같았다.

몇 주가 지나고 다시 전화를 걸었다. 이번에도 가득 차 있는 음성사서함만이 나를 맞았다. 혹시 부모도 아기를 따라 세상을 떠났나. 생각조차 해선 안 되는 만약이 자꾸만 머리를 채웠다. 차트를 뒤져 아빠 번호를 찾아냈다. 똑같았다. 음성사서함, 그리고 가득 차 있어 메시지를 남길 수 없다며 끊어버리는 기계적인 목소리. 아빠의 직장에 전화를 걸었다. 영문을 모르며 전화를 받던 사무원은 그가 개인 사정으로 휴직 중이라고 전했다. 그 후, 몇 번의 시도 끝에 드디어 깨달았다. 이 부모가 나와 아니, 세상과 소통하고 싶지 않음을. 리타 모란 Rita Moran의 시 '제발'은 아이의 죽음 뒤에 따라오는 주변의 어줍잖은 위로에 분노를 표하는 엄마의 마음을 어김없이 보여준다. 마지막에 맺는 말, "지금은 제발, 그저 울게 내버려두세요"는 그들이 내게 하는 말이 아니었을까.

상처받은 가족을 보듬고 싶어 손을 내밀었으나 맞잡아 줄 손은 없었다. L.A. 세네카가 남긴 말처럼, 가벼운 슬픔은 이야기할 수 있지만, 거대한 슬픔은 아무 말도 할 수 없다. 감당할 수 없는 큰 슬픔과 그에 따른 아픔은 나눌 수도 없는 것이 아닐까. 나는 혼자 고요히 앉아 당직실 안에서 그 가족과 마지막 인사를 나누었다. 흐느낌이 커져 숨을 쉴 수조차 없는 통곡이 새어나왔다. 당직실 이웃, 마취과, 산부인과 의사가 들을세라 숨죽여 울었다. 어느새 석양이 지고 깜깜한 밤이 되었다. 비참하고 스산한 밤이 이어졌다. 처음 세상을 만났을 때 질러대던 그 아기의 울음소리가 자꾸만 메아리쳐 잠들 수 없는 밤이었다.

첫째는 하늘로
둘째는 집으로

"아무래도 출산해야 할 것 같아."

머리가 희끗희끗한 산부인과 의사가 걱정스럽지만 활기 찬 목소리로 통보했다.

"아기가 딱 24주야. 24주에 나와서도 건강하게 잘 크는 아기들 많이 봤어. 오늘 수술할 거야."

산모가 평소 앓던 지병이 임신의 영향으로 점점 악화되었다. 엄마의 건강이 우선이라 제왕절개로 임신을 끝내면 좋아질 병이었다. 그러나 아기는 고작 24주를 넘겨 앞길이 험했다.

처음 아기의 상태는 예상보다 좋았다. 압력과 산소를 코로 넣어서 호흡을 도왔다. 하지만 아기는 가느다란 흉골이 뚜렷이 보이도록 가쁜 숨을 힘겹게 내쉬었다. 결국 기도 삽관이 필요했다. 다른 24주 아기들보다 조금 더 작은 기도였다. 그래도 손쉽게 기도 삽관을 마쳤다. 흉부 엑스레이를 찍었는데, 뭔가 이상했다. 왜인지 기도 삽관 튜브가 한쪽으로 쭉 뻗쳐 있었다. 워낙 작은 아기라 그런가 했지만 흔치 않은 일이었다. 엑스레이처럼 까만 의심이 솟았다. 초미숙아는 간혹 삽관

중 기도 파열이 일어난다. 살짝만 더 세게 밀어 넣어도 튜브는 아기의 갸냘픈 기도를 뚫고 나갈 수 있다. 엑스레이를 한 번 더 찍었다. 다행히 걱정하던 기도 파열은 아니었다. 그런데 호흡치료사들이 나를 또 급하게 불러댔다.

"튜브에 흡입관이 도대체 내려가질 않아요."

이런 경우는 10년 만에 처음 있는 일이라며 큰 눈을 마구 굴렸다. 같이 당직을 서고 있는 동료도 달려와 일을 돕기 시작했다.

"저 호흡치료사들이 24주 초미숙아를 몇 번이나 봤을 것 같아? 아마 별일 아닐 거야. 걱정마."

그의 말에도 간호사들의 소란은 누그러지지 않았다. 제일 중요한 기도가 안정적이어야 하는데, 뭔가 불길하고 이상한 기도였기 때문이다. 행여나 튜브가 실수로 빠지거나 아기의 호흡 상태가 불안정해지는 응급 상황에 대비해 나를 붙잡아 두려고 했다. 다른 바쁜 일이 없어 나는 아기 곁에서 차트를 쓰고 환자 상태를 계속 살폈다.

하지만 개인적인 응급 상황이 있었다. 당시 모유 수유를 하는 중이었다. 갑자기 태어난 24주 초미숙아 때문에 또 그의 불안정한 상태 때문에 여덟 시간 동안 유축을 하지 못했다.

젖이 가득 찬 가슴은 압력으로 참을 수 없는 통증을 만들어 냈다. 모름지기 나의 아픔 따위야 환자 건강과 안전이 우선이기에 참아가며 일을 계속했다. 한계에 다다랐다. 게다가 정작 나를 필요로 한 것은 환자가 아니라 간호사들이었다. 유축을 시작하고 앞으로 5분 만이라도 누가 날 호출하지 않기를, 응급 상황이 없기를 기도해야 했다. 하지만 간호사들 또한 단단해진 내 가슴처럼 완강했다. 아기 옆에서 커튼을 치고 유축을 하라고 부탁했다. 아니, 지시했다. 하지만 나도 인간으로서의 존엄성이라는 것이 있다. 나는 이 중환자실 군함을 지휘하는 선장이자 한 여자였다. 차마 환자 옆에서 또 같이 일하는 의료진 옆에서 가슴을 드러내고 유축할 수는 없었다.

"당직실에서 여기까지 뛰면 10초, 걸어도 30초예요. 혹시 문제가 생기면 바로 전화하세요."

그렇게 나는 자유를 얻었다. 장장 20분이나 유축을 해도 아무 일도 일어나지 않았다. 기우였다. 아니 기우라고 믿고 싶었다.

며칠이 지나고 아기의 상태는 급속도로 악화됐다. 튜브 위치에 따라 아기의 산소 포화도는 위로 아래로 치달았다. 이 작은 24주 아기에게 무슨 일이 일어난 것일까. 솔직히 말해서 나는 두려움에 떨었다. 혹시나 기도 삽관을 할 때 실수를 범했나? 매일 기도했다. 나의 실수로 이 아기가 아픈 것이 아니기를. 아기가 좋아지기를.

이비인후과와 협진해 아기의 기관이 선천적으로 기형이라는 것을 밝혀냈다. 사람의 기관은 숨을 내쉬고 들이마실 때 유연하게 움직일 수 있도록 C 모양의 연골로 이루어져 있다. 하지만 이 아기의 연골은 O 모양으로 뻣뻣했다. 무엇보다 좁은 기도가 문제였다. 초미숙아에게도 인공 심장과 폐를 연결해 기도 수술을 할 수 있는 큰 병원으로 전원을 신청했다.

아기는 비행기를 타고 의료진과 함께 날아갔다. 그리고 영영 돌아올 수 없는 곳으로 다시 날아갔다. 혹시나 내가 그 산부인과 의사와 맞서 싸워 출산을 지연시켰으면 아기의 생사가 바뀌었을까. 그랬다면 그 작은 기도가 조금 더 크게 자라서 지금 살아 있을까. 내 마음에 생채기를 내고 간 아기와 가족은 종종 내 머릿속으로 들어왔다. 다른 초미숙아를 볼 때마다, 작은 아기의 입안을 들여다보며 기도 삽관을 할 때마다, 약간 작았던 또 특별했던 기도가 생각났다. 책임감과 죄

책감이 뒤엉켜 나를 묶었다. 오랏줄은 생각보다 훨씬 더 오래 나를 놓아주지 않았다.

여느 날과 같이 인계를 하고 있는데, 익숙한 이름이 보였다. 동료는 아기 부모가 예전에 우리 병원에서 미숙아를 낳았는데, 아기는 집에 가지 못했다고 했다. 곧바로 알아챘다. 그 가족이었다. 아기를 잃은 부모라 두 번 다시 우리 병원을 찾지 않으리라 여겼다. 상처와 밀접히 연결된 장소가 있다면 연결 고리를 끊어내고, 새로운 연결을 창조해야 한다고 심리학 박사 가이 윈치Guy Winch는 조언한다. 그의 책 《상실을 이겨내는 기술》은 상실이 드리운 그늘을 걷어내고 마음을 보송보송하게 말리기 위한 방법을 여러가지 제안한다. 하지만 고통스러운 기억이나 연결을 대체하려다 과거와의 연결이 더 늘어날 수도 있다고 경고한다. 교체를 시도하고 있다면, 최대한 과거의 상처에 대해 언급하지 말고 기억해내려 하지 말라고. 이 가족은 우리 병원에서의 아픔을 둘째의 입원과 함께 새로운 관련성으로 만드는 데 성공했을까.

"그래서 동생은 어때?"

혹시나 동생이 더 아플까 봐, 아니 동생도 집에 갈 수 없을까 봐, 매일 눈물을 흘리며 걱정하던 부모의 얼굴을 다시 봐야 할까 봐, 갑자기 심장이 걷잡을 수 없이 고동치기 시작했다.

"안 그래도 오늘이 퇴원하는 날이야. 벌써 갔을 수도 있겠다."

부리나케 아기의 병실로 향했다. 아니, 혹시라도 볼 수 있을까 해서 뛰다시피 걸었다. 내 빠른 심박수와 보폭과는 정반대로 천천히 아기 카시트를 들고 나오는 엄마의 얼굴이 보였다. 코로나 19 팬데믹이라 마스크로 얼굴 반을 가리고 있었다. 그래도 마스크를 뚫고 나오는 미소는 분명히 볼 수 있었다. 한번도 보지 못한 엄마의 진정한 환희를. 카시트 안에는 귀한 아기가 잠들어 있었다. 엄마의 상처 위 '딱지'가 잘 아물어 보였다.

어차피 불평등은
인생의 한 부분

#1

엠마는 상큼한 바닷바람이 감싸는 어느 부촌 병원에서 태어났다. 엄마와 아빠는 직장에서 제공하는 사립 의료보험 혜택을 받았다. 덕분에 의사와 차근차근 임신과 출산을 계획했다. 출산 당일, 엄마는 정신을 잃을 정도로 엄청난 양의 피를 쏟았다. 아무도 예상하지 못한, 일찍 태반이 떨어진 응급 상황이었다. 다행히 산부인과와 소아과의 신속한 협업으로 엄마와 엠마 모두 살았다. 며칠 뒤 엠마는 번쩍이는 테슬라 뒷좌석 카시트 안에서 곤히 잠든 채 집으로 향할 수 있었다. 그 뒤 집에서 10분 거리에 있는 소아의원에서 예방접종과 규칙적인 진료를 계속 받았다.

#2

리암은 옥수수로 유명한 동네에서 한 시간을 빠른 속도로 운전한 아빠 덕분에 간신히 병원에서 태어났다. 아빠는 차 안에서 리암이 태어날까 봐 벌벌 떨었다. 다행인지 불행인지 교통 체증이 없는 시골에 살아 늦지 않게 병원에 당도했다. 리암은 태어나자마자 호흡곤란을 겪었다. 손 빠른 의료진의 치료로 겨우 숨을 쉴 수 있었다. 호흡이 가빠 이틀 정도 경과를 보고 퇴원했다. 소아과도 한 시간 떨어진 도시에 있었다. 엄마 아빠는 매번 한나절을 다 쏟아야 겨우 병원에 다녀올 수 있었다. 리암이 종종 숨을 빠르게 쉴 때마다 아빠는 색이 바랜 픽업 트럭을 걱정스레 바라봤다.

'이번에는 얼마나 빨리 운전해야 제시간에 병원에 도착할 수 있을까.'

#3

제임스의 부모는 자연주의 출산을 고집했다. 차마 집에서 낳을 수는 없어 근처 출산 센터에서 낳기로 했다. 진통 중, 짙은 태변이 양수를 물들였다. 제임스의 심박수는 불규칙하게 뚝뚝 떨어졌고, 곧이어 엄마의 몸 밖으로 겨우 나왔다. 제임스는 봉제 인형처럼 축 늘어져 움직이지 않았다. 구급차가 출동해 근처에 있는 큰 병원으로 제임스를 옮겼다. 딱하게도 제임스의 뇌는 이미 회복 불능이었다. 병원에서 분만했다면 응급 제왕절개로 바로 낳아 소아과의 처치로 튼튼한 나무로 자랐을 값진 새순이었다.

이사이는 우크라이나 키이우의 제법 큰 병원에서 태어났다. 다음날, 큰 울음을 내지르며 건강한 모습으로 퇴원했다. 며칠이나 지났을까. 이사이는 숨을 고르게 쉬지 않았다. 아빠는 이사이를 안고 급히 병원으로 향했다. 비타민K 부족으로 인한 뇌출혈이었다. 한국이나 미국과 달리 우크라이나에선 통상적으로 신생아에게 비타민K 주사를 놓지 않았다. 이사이의 허망한 죽음 뒤, 가족은 서둘러 미국 이민을 결정했다.

거주하는 주 안에서 가장 명망 있는 병원에서 둘째 아이를 낳았다. 둘째도 태어나자마자 숨을 쉬지 않았으나 의료진의 신속한 처치로 목숨을 구했다. 곧 신생아중환자실로 옮겨져 아기에게 인공호흡기와 수액이 달리자 아빠는 다급하게 외쳤다.

"비타민K 주사를 빨리 놓아주세요."

간호사는 의아한 표정으로 답했다.

"오자마자 맞았어요. 걱정하지 마세요."

"첫째가 비타민K 주사를 맞지 못해 뇌출혈로 죽었어요."

간호사의 긴 속눈썹이 마구 떨리기 시작했다.

"어머나, 아기를 잃으셨다니… 마음이 아프네요."

"우크라이나에서는 비타민K 주사를 일상적으로 주지 않더라고요."

간호사는 깜짝 놀라 말을 잇지 못했다.

2주 뒤, 둘째 아이는 건강한 모습으로 퇴원했다. 아빠는 모든 진료를 큰 소아병원에서만 봤다. 둘째의 뇌출혈은 없었다.

사람을 살리는 일이 내 직업이다. 그러나 미흡한 의술로 극소수의 극미한 아기만을 구할 수 있다. 그것도 혼자서는 절대 해내지 못한다. 집중치료의 특성상 팀으로 함께 일해야 하고, 재원과 자원이 꼭 필요하다. 만약 내가 마른 사막 한가운데 아기와 둘만 떨어진다면? 우린 둘 다 죽는다. 신생아에게 맞는 기구와 기계, 그리고 특화된 의료진 없이는 나의 툭툭한 손과 우매한 두뇌는 무용지물이다. 생명이란 바람에 휘날리는 새싹조차 소중한 것이기에, 그 생명을 지키는 의료는 세상 어디서나 공평하게 주어져야 한다. 안타깝게도 현실은 내 믿음과 확연히 다르다.

'의료 평등'은 이뤄질 수 있을까? 과거보다 의료가 보편화됐다지만 지역에 따라, 또 부의 유무에 따라 전혀 평등하지 않다. 베스트셀러 작가이자 존경받는 외과 의사인 아툴 가완

디는 인턴 시절 아들 워커의 심장 수술을 회고했다. 청구서에는 25만 달러가 적혀 있었다고. 보험 덕분에 그는 75달러만 냈다. 보험이 없었다면 파산했을 거라고 그는 밝혔다. 그는 저서 《어떻게 일할 것인가》에서 보험제도가 의료를 좌지우지한다는 사실을 맹렬하게 비판하고 변화를 촉구했다. 그가 다시 미국 의료보험에 대해 쓴다면? 분명히 더 어두워진 양상에 통탄할 것이다.

어차피 불평등은 인생의 한 부분이고, 어느 정도 수용할 수밖에 없는 문제라고 감히 운을 떼어본다. 백 퍼센트 평등은 이상주의자인 나에게도 불가능한 실상이다. 내가 미국 대통령이 돼서 한국과 비슷한 국민건강보험법을 시행할 확률은? 당연히 0퍼센트다. 내가 오늘 만나는 생명을 구할 확률은 그보다 훨씬 더 높다. 그래서 내가 만나는, 아니 나를 찾아온 아기에게 최선을 다한다. 그 번득이는 생명이 모여 작은 차이를 만들고, 그 빛이 모여 세상이 더 환해지기를 바란다. 누가 아는가. 내가 백발이 되면 의료가 평등한 세상이 될지.

낙태 위헌

코로나 19 팬데믹으로 어지러운 시대가 더 헝클어졌다. 사람의 정신과 육체를 둘 다 위협하고, 죽음의 공격을 가하는 것은 비단 바이러스만이 아니라는 것이 극명해졌다. 흑인에 대한 차별과 논란으로, 귀한 숨줄이 다른 인종 무릎에 바스러진 날, 미국은 들끓었다. 아시아계에 대한 증오 범죄도 맹렬하게 이어졌다. 살벌한 바이러스 앞에선 평등할 것 같았던 인간도 결코 평등하지 않다는 엄혹한 사실도 드러났다. 취약층은 보험도 없지만, 작고 북적북적한 곳에서 몰려 살아 방역도 여의치 않았다. 생계가 급박하니 봉쇄 명령에도 일을 하러 나가야만 했다. 코로나 바이러스는 물에 떨어진 잉크처럼 곳곳으로 넓게 펴져나가 가난한 자를 더 곤궁하게 만들었다. 경제력도 모자라 소중한 목숨조차 부족하게 만들었다.

애리조나 나바호Navajo 자치국은 미국에서 가장 큰 원주민 보호구역이다. 전국에서 인구당 가장 높은 코로나 바이러스 감염률을 기록했다. 인구가 최고로 밀집되어 있는 뉴욕보다 더 큰 감염률로 전미를 놀라게 했다. 이 바이러스의 폭격은 20세기 초 갖가지 전염병뿐만 아니라 식민지 시대의 부조리로 나바호족 인구 70~90퍼센트를 죽음으로 몰고간, 가슴 아픈 역사의 답습 같았다.

자꾸만 불거지는 사회 문제와 더불어 오래전부터 보호되었던 여성의 인권도 도마에 올랐다. 코로나 바이러스로 뇌에 안개가 끼는 것 같은 증상이 대법원에도 도달한 듯했다. 2022년 여름, 연방 대법원은 1973년도의 낙태가 위헌이 아니라는 결정을 뒤집었다. 21세기에 살아 더 평등하고 사람다운 삶을 산다고 장담했던 내가 부끄러워졌다. 개인적으로 태아의 목숨도 한 생명이라고 보는 과학자의 시선을 가지고 있다. 그와 동시에 20주 전에 태어나는 아기에게는 신생아의 죽음이 아니라 사산이라고 진단하는 의사의 명찰도 달고 있다. 낙태 찬성이나 반대를 피력하는 것이 아니다. 다만 딸이 어머니, 할머니보다 자신의 몸에 대한 권리가 줄어든 상황이 실제로 벌어져서 이 시대를 살아가는 인류로서 부끄러워졌을 뿐이다. 보다 못한 미 대통령이 공개적인 비탄을 할 정도였다. 조금 더 나은 세상을 남겨주는 것이 우리 모두의 의무 아니던가. 그나마 주마다 결정할 수 있는 자유가 주어졌다.

캘리포니아에서는 낙태가 위법이 아니다. 임신 13주까지는 약이나 시술로 임신중절을 할 수 있다. 24주 전이라면 시술로 임신중절이 허락된다. 하지만 24주나 태아가 500그램 이상이 되면 불가능하다. 당연히 산모의 건강이 위험하거나 아기의 건강에 문제가 생기면 달라진다. 다만 이 모든 것이 취약층의 경제적 또 사회적 불리한 점을 더 부각시킨다는 데에 문제가 있다. 스무 개가 넘는 주에서는 낙태를 제한하거나 위법이기에, 위치를 차치하고서라도 엄마와 아기의 건강은 전미에서 위협받을 것이다.

한국은 2019년 4월, 헌법재판소에서 낙태죄에 대해 헌법불합치 결정을 내렸다. 공식적으로 낙태죄는 폐지된 상태이다. 보수적인 한국 사회조차 낙태가 합법인데, 미국에서 낙태가 위헌이라니. 개인적으로 찬성이냐 반대냐를 떠나, 각자의 신념과 사정이라는 것이 존재한다. 천편일률적으로 금지했다는 것이 문제이다. 생명을 매일 만지는 의사의 입장에서 내가 낙태 시술을 하거나 받을 수 있을까? 그럴 수 없을 것이다. 그런데 다른 사정이 생긴다면 어떨까? 아무도 모를 일이다. 사회원의 건강과 권리를 보호해야 할 정부가 낙태가 위헌이라는 결정을 내렸다는 것에 크게 반감이 생긴다. 수용하고 싶지 않지만, 그래도 약자인 여성의 권리와 또 낮은 사회계층의 권리를 더 위협한다는 데서 더 큰 문제가 싹튼다.

선천적으로 장애를 가지고 태어나는 아기들의 숫자는 엄청나게 증가할 것이다. 현재 12만 명이 넘는 신생아가 매년 선천적인 장애를 가지고 태어난다. 간단한 기형일 수도, 또는 수술을 꼭 해야 살 수 있는 치명적 결함일 수도 있다. 어떠한 치료나 수술로도 고칠 수 없는 끔찍한 결점을 가지고 태어나는 아기도 있다. 숨은 붙어 있지만 의미 없는 삶을 살아가게 되는 아기도 많다. 개인적으로 찬성할 수 없는 결정을 자주 본다. 나야 의사로서 정보를 제공하고 여러 갈래의 길을 안내하는 데에서 멈춰야 하는 것을 알고 있다. 정답은 없지만 오답은 있는 갈림 기로에서 잘못된 선택을 하는 부모 때문에 고통받는 것은 아기다. 그로 인한 슬픔은 오롯이 나의 몫이 된다.

이번 대법원의 명백히 잘못된 판결로 나의 슬픔은 앞으로 더욱 깊어질 예정이다. 그러나 그로 인해 더 크고 악렬한 시달림을 받는 것은 아기와 그 가족들이다. 코로나 19 팬데믹이 끝나면 대법원도 정신을 차리고 이 불합리한 결정을 뒤집을 수 있을까. 약자의 권리가 더 보호받는 정당하고 평등하며 균등한 사회가 되길 바라본다. 어쩌면 세상에서 가장 약한 사람은 말도 할 수 없고, 심지어 자신의 몸에 대해 결정할 수 없는 태아와 아기가 아닐는지.

> **덧** 코로나19 팬데믹은 끝났습니다. 코로나 바이러스를 앓은 뒤 알 수 없는 여러 증상들이 오랫동안 이어질 수도 있는데, 법원은 아직도 '롱코비드'를 앓고 있나 봅니다. 아직도 낙태가 위헌이니까요.

죽을 수 없는 아이

국민건강보험이 잘 되어 있는 대한민국과는 달리 미국에서는 사보험, 민간 보험이 주를 이룬다. 내 의대 동기 중 한 명은 의사임에도 불구하고 여유가 없어 응급 보험만 겨우 들은 적이 있을 정도다. 저소득층은 신청하면 정부에서 보험을 제공한다. 하지만 한국처럼 일처리가 빠르지 못해 지연되기가 부지기수다.

펠로우 과정을 밟고 있던 중이었다. 정신없이 바쁘고 체력적으로 한계를 자주 맞닥뜨리던, 매일과 다름없는 날이었다. 다만 감정적으로 조금 더 고된 아침이었다. 무선호출기 표시판에 익숙치 않은 번호가 번뜩이며 귀를 찢었다. 혹시나 잘못 온 호출일까, 아니면 전속력으로 뛰어야 할까를 고민하다 어디로 뛰어야 할지 몰라 재빨리 네 자리 번호를 눌렀다. 수화기에서 경쾌한 소리가 튀어나왔다.

"산부인과, 캐서린입니다."

"안녕하세요. 신생아분과 펠로우, 스텔라 황입니다. 호출 받고 전화드립니다."

"지금 고위험 산부인과 면담이 있어서요. 신생아분과에서도 한 분 와주셔야겠습니다."

"네, 제가 가겠습니다. 무슨 일로 면담이 있죠?"

"자세히는 모르는데, 태아에게 치명적인 심장 결함이 있어서 산모가 임신중절을 원하는 걸로 알고 있어요."

"아… 네, 지금 올라가겠습니다."

수간호사의 목소리가 저 멀리에서 실려오는 봄바람처럼 아득해져갔다. 가벼운 수화기가 갑자기 15킬로그램짜리 아령이 된 것 같았다. 그 무게에 진 나는 천천히 수화기를 내려놓는 수밖에 없었다. 감은 눈꺼풀 위로 하얀 백열등이 나를 내리쬐고 있었다. 마치 태양이 작열하는 모하비 사막에 홀로 있는 듯한 기분이었다. 간밤에 내가 구하지 못한 미숙아의 얼굴이 눈 안쪽으로 불현듯 들어왔다. 물먹은 이불처럼 무거운 내 마음을 말리기도 전에 또 다른 죽음을 입 밖으로 꺼내야 하는 상황이 한탄스러웠다. 마음은 이미 병원 밖으로 향하고 있었지만, 힘없는 내 발걸음은 나를 한 층 위 산부인과 회의실로 옮겨 놓았다. 7~8명의 의료진이 침묵 속에 앉아 있었다. 나랑 막역하게 지내는 소아심장내과 교수님이 중앙에, 그 옆으로는 고위험 산부인과 교수님, 간호사, 사회복지사 순으로 평소보다 조금 더 많은 사람들이 앉아 있었다. 손으로 간단하게 인사를 하고 밀도 짙은 공기를 뚫고 얌전히 한쪽 자리를 차지해 앉았다.

소아심장내과 교수님이 어렵게 입을 열었다.

"몇 주 전에 만난 임산부입니다. 그때 바로 이 자리에서 상담을 했고, 임신중절을 결정했는데 이게 무슨 일인지 저도 잘 모르겠습니다."

다들 어리벙벙한 표정이었다. 그때 회의실 문이 삐걱하고 열렸다. 배가 봉긋한 임산부가 창백한 얼굴로 들어왔다. 아무리 봐도 임신 6개월이 훌쩍 지난 임산부 같았다. 태아는 심장 기형이 심해 태어나도 살 수 없었다. 바늘 귀 사이로 낙타가 지나가는 확률로 살아난다 해도 많은 수술과 합병증이 예상되는 아기였다. 임산부 역시 태아를 보내주기를 원했기에 교수님 또한 이미 임신이 끝난 것으로 알고 있었던 것이다. 그녀는 담담하게 우여곡절을 털어놓았다.

우리는 이 모든 것이 지연된 보험 탓이라는 것을 알고 기함했다. 늘 만개한 미소를 보여주던 심장내과 교수님의 하얀 얼굴이 파랗게 변했다. 늘 푸르스름하던 손톱이 더 새파랗게 질려 있었다. 어리석은 이 사회의 보험 시스템을 향한 맹렬한 분노로 그 파란 손가락이, 손이, 온몸이 덜덜 떨렸다. 선천적 심장 질환을 가지고 있는 교수님이 쓰러질까 걱정이 앞섰다. 활화산 같은 분노가 혹시나 교수님의 심장을 태워버릴까 두려웠다. 행여나 쓰러진다면 코드 블루를 외쳐야 할지, 응급실 팀을 불러야 할지, 직접 소생술이라도 해야 할지 고민스러워지려는 찰나, 교수님은 가까스로 분노를 누르고 떨리는 목소리로 말했다.

"이렇게 오래 걸릴 일이 아닙니다. 환자분 건강을 위해서라도 마냥 기다릴 수는 없습니다. 제가 더 큰 병원으로 바로 전화를 할 겁니다. 지금 가시면 바로 주사약을 놓아서 아기를 보내줄 겁니다. 정말 죄송합니다."

교수님이 꼭 맞잡은 산모의 손이 덜덜 떨리고 있었다. 교수님의 손이 떨려서 그녀의 손이 떨리는지, 그녀가 엉엉 울고 있어서 몸의 진동이 교수님의 손을 흔들고 있는지 알 수 없었다. 교수님의 푸른 눈에서 방울방울 떨어지는 물방울이 주름으로 빼곡한 얼굴을 타고 하얀 턱수염 끝에 간절히 맺혔다. 겨우 막아 두었던 우리의 비애도 펑 하고 터져버렸다. 나도 모르게 목뼈가 뻐근해지더니 등줄기에 땀이 주룩 흘렀다. 솟구치는 신음이 목구멍을 타고 다시 내려가 가슴으로 퍼졌다. 곁에 앉아 있던 모두의 눈이 벌게지고, 투명한 액체가 뚝뚝 떨어졌다.

교수님의 전화 한 통으로 몇 주 전에 끝났어야 할 임신은 그날 저녁에 마침내 결말이 났다. 교수님이 학부, 의대, 수련까지 모조리 마친 인연 깊은 대학병원은 보험 따위로 이 교수님의 청을, 이 가련한 여인의 처지를 저버리지 못했다. 아마 보험 처리가 되지 않았을 테지만, 비정상적인 태아의 심장은 멈추게 할 수 있었다. 봉긋 솟은 그녀의 배도 좀 작아졌으리라. 이미 보내려고 한 태아가 자꾸 커져서 배가 점점 불러왔을 때, 초반에 느껴지지 않던 태아의 움직임이 감지됐을 때, 그녀가 느낀 감정은 슬픔과 기쁨, 둘 중 어디에 더 가까웠을까. 성공적으로 임신중절은 마쳤는지 미처 확인하지 못한 우리 병원 의료진을 탓했을지도 모른다. 보험이 없는 본인의 처지도 동정하면서 미국 사회의 불완전한 보험 시스템을 원망했을 것이다. 차마 물어보지 못했고, 앞으로도 물어볼 수 없을 질문들이 그녀의 부푼 동산처럼 점점 커지다 작아졌다. 눌

러붙은 내 마음의 짐도 점점 가라앉았다. 눈꺼풀도 점점 주저 앉더니 그대로 닫혀버렸다. 갑자기 어젯밤 지켜주지 못한 미 숙아가 눈 안으로 불쑥 들어왔다. 생각해보니 두 아기의 주수 가 같았다.

멈춰야 할 때를
안다는 것

뒤에 서 있는 산부인과 의료진의 눈길이 내 뒤통수에 와서 꽂힌다. 다들 도움이 될까 대기하고 있기도 하지만, 자주 볼 수 없는 심폐소생술에 대한 호기심과 아기의 생사 여부에 관한 의문이 복합적으로 점철되어 있었다.

"소생술 시작한 지 20분 넘었습니다. 맞습니까?"

"네, 이제 22분 30초 지났습니다."

"자, 에피네프린 한 번 더 넣고도 심박수가 없으면 그만두겠습니다. 이의 있습니까?"

나의 차갑고 끔찍하지만 현실을 직시하는 질문에 간호사들의 눈동자가 마구 흔들렸다. 툭 건드리면 눈물이 쏟아질 것 같은 분위기였다.

"3분 지나면 알려주세요. 심장 압박 멈추고, 심박수 확인합시다."

아무리 청진기를 가슴 곳곳에 놓고 모든 청력을 끌어당겨 들어도, 무심한 모니터를 노려봐도 소용없었다. 아무것도 없었다.

"심장 압박 시작하세요."

한숨이 길게 나왔으나 차마 내색할 수 없었다. 내 온몸이 한숨으로 가득 차 금방이라도 빵 하고 터져버릴 것 같았다.

한 시간 같던 3분이 지났다. 내 생애 최고로 길었던 3분이었으리라.

"3분 됐습니다."

"에피네프린 0.09밀리그램, 생리심역수 30밀리리터 또 넣어주세요."

"네, 에피네프린 0.09밀리그램, 생리식염수 30밀리리터 둘 다 들어갔습니다."

힘차게 주사기의 약을 밀어 넣는 린지의 손이 덜덜 떨렸다. 이제 마지막 시도다. 이번에도 돌아오지 않으면 큰일이다. 신께 아기를 살려달라고 무릎이라도 꿇고 빌고 싶었다. 아기 엄마는 전신마취 상태로 뒤에 누워 있고, 다른 가족도 없어 현 상태를 알려줄 사람조차 없었다. 아기를 이렇게 보낼 수는 없었다.

"심박수 확인하겠습니다. 잠깐 멈추세요."

온몸으로 기도하는 심정으로 청진기를 잡은 손에 힘을 모았다. 척 하고 아기의 가슴에 청진기를 올려놓았다. 눈을 감고 온 신경을 귀에 모아 둡둡 둡둡 하고 들릴 심장 소리를 상상하며 귀를 쫑긋 세웠다. 두두, 약하지만 분명히 들렸다. 눈을 번쩍 떴다. 둡둡 둡둡. 드디어 들렸다, 생의 증거가. 모니터를 바라보니 드문드문 뾰족한 산을 그리는 심전도가 솟구치고 있었다. 엄지와 검지를 모아 심박수가 들릴 때마다 손마디를 움직여 심박수를 알렸다.

"심장이 뛰고 있어요! 심장 압박 다시 시작하세요!"

들뜬 목소리에 곁에 있던 의료진들의 표정이 환해졌다. 조금 더 힘차게 아기 가슴 위에 앉은 엄지 손가락이 위 아래 운동을 하고 앰부백을 짜는 손이 신명나 보인다. 1분도 채 안 돼 심박수는 60을 훌쩍 넘어갔다.

"심박수 60 이상입니다. 심장 압박 그만두세요."

정신을 차려보니 어느새 우리는 아기를 데리고 신생아중환자실에 서 있었다. 아기는 차가운 매트 위에 올려졌다. 몸의 온도를 낮춰 더 이상의 뇌손상을 막기 위한 저체온 요법을 시작했다. 제대정맥관과 동맥관을 재빨리 넣었다. 엑스레이를 찍고 필요한 검사를 지시했다. 아기의 상태가 좀 나아졌다. 이제는 엄마에게로 가야 했다. 같은 엄마로서 두려워하는 최악의 상황을 전달해야 했다. 그런 내 마음이 갈기갈기 찢어져 하늘로 날아가 남아 있지 않는 듯했다. 전하는 나의 마음이 이러한데 당사자인 엄마는 어떨까. 목이 메었다. 잠시 엄마의 마음은 넣어두고 의사 가운을 걸쳐야 했다.

"좀 괜찮으세요? 많이 아프시죠? 아기가 처음 나왔을 때…"

따뜻한 목소리와 염려를 가득 담은 눈동자로, 말로는 전달할 수 없는 내 마음도 전하려 노력했다. 엄마는 엉엉 울면서도 어느 정도 이해한 것 같았다.

"산부인과에서 괜찮다고 하면, 언제든지 신생아중환자실로 오세요. 다른 급박한 일이 생기면 바로 전화드릴게요."

혹시나 내가 없는 사이에 아기에게 문제가 생길까 한달음에 중환자실로 돌아갔다.

저체온 요법을 받는 72시간 내내 아기의 뇌파는 절망적인 상태를 여과없이 보여줬다. 위로 아래로 포물선을 그리며 뇌의 전기적 활동을 끊임없이 보여줘야 하는 뇌파가 일자만 죽죽 그리고 있었다. 내 가슴도 얇게 저미는 것 같았다. 오랫동안 혈류가 닿지 않은 뇌는 그대로 죽었다. 그런 아기를 살린 내 자신을 증오할 수밖에 없었다. 조금 더 일찍 심폐소생술을 그만두어 사망 선고를 내렸더라면, 뇌가 죽어 심장만 뛰는 아기는 만들지 않았을 테니까. 부모는 이미 아무런 활동도 하지 않는 뇌가 정상으로 돌아오는 기적을 바랐다. 반면에 의료진은 그들이 이 상황을 인지하고 옳은 결정을 하는 기적을 바랐다. 둘 중 어떤 기적도 일어나지 않았다.

아기는 뇌의 활동이 전무한 상태에서 목과 배에 구멍을 뚫어 완벽하게 인위적인 방법으로, 때로는 잔혹한 현대 의학의 힘으로 삶을 이어갔다. 집에서 방문 간호사의 치료를 받으며 기계가 숨을 쉬게 해주고, 위장으로 영양이 공급되어 심장이 뛰는 삶. 그러나 어떠한 인지 능력도 없는, 집안 구석에 있는 초록색 화분 같은 삶이 시작되었다.

아기의 생명을 구해 잠시나마 기쁨에 뛰었던 내 심장을 멈추게 하고 싶었다. 조금 더 일찍 그만두지 못한 나의 어리석음과 생에 대한 맹목적 집착을 없애버리고 싶었다. 멈춰야 할 때를 알지 못한, 그만두어야 할 때를 맞추지 못한 미련한 의사 때문에 하늘로 돌아가 별이 되었어야 할 아기를 뜨는 해와 지는 별도 모르는 이로 만들었다. 내가 제일 좋아하는 작곡가, 히사이시 조의 'The Boy Who Swallowed a Star'을 들을 때마다, 이 아기를 떠올린다. 별을 삼키고 태어났는데, 내가 그 별을 보지 못해 하늘로 올려 보내지 못한 아기. 애니메이션 〈하울의 움직이는 성〉에서 캘시퍼는 유성이 되어 날아가지만, 결국엔 다시 돌아온다. 반짝이던 빛이 불로 변해 소피의 손 위로 정착하는 캘시퍼. 움찔대던 불은 나에게도 그 아기에게도 불행으로 남았다.

미래가 없는 고통은
무의미한 일

모든 인간은 죽는다. 태아 또는 아기로, 조금 더 일찍 죽을 운명을 타고 나는 생명도 있다. 매튜도 그런 아기였다. 죽음을 의미하는 18번 삼염색체 증후군. 불운이 덕지덕지 붙어 나온 아기였다. 예정일에 태어났는데도, 몸무게가 2킬로그램도 채 안 되는 작은 몸 안에는 잘못된 내장이 가득했다. 위와 간의 위치는 반대로, 신장도 배 아래쪽에 강낭콩 같은 모양으로 내려 앉아 있었다. 싹이 나서 쑥쑥 자라야 할 아기가 강낭콩으로 남아 힘없이 주저앉은 형세였다. 심장 안에도 정상적인 네 개의 방이 아닌 두 개의 방만이 존재했다. 18번 염색체 하나가 더 있을 뿐인데, 온 세포에 자리 잡아 몸 구석구석에 고스란히 영향을 미치고 있었다.

태어나자마자 신생아중환자실로 이송된 매튜는 심장 수술이 필요했다. 대부분 며칠 아니면 몇 주를 못 넘기는 18번 삼염색체 증후군 아기에게 큰 고통을 수반하는 수술을 권하지 않는다. 수술대에서 숨을 거둘 수도, 힘든 수술 후 과정을 견뎌내지 못할 수도 있기 때문이다. 매튜를 아프게 하고 싶지 않다고, 애원 아닌 애원을 해도 매튜의 부모는 꿈쩍도 하지 않았다. 매튜가 태아로 죽지 않고 신의 가호로 살아 세상에 나왔으니 다시 축복이 찾아올 것이라고. 그래서 필요한 모든 수술을 해달라고 요청했다. 그들의 최종 목표는 완벽하게 건강해진 매튜와 집에 돌아가 보통의 삶을 사는 것이었다. 시간을 되돌려 세포분열 시기로 돌아가지 않는 한 있을 수 없는 일이었다. 어떤 의사의 권고나 이미 알려진 사례를 들어도 그들은 멍하니 바라볼 뿐 반응조차 하지 않았다. 매튜는 특별한 아기여서 그럴 일이 결코 없을 것이라고만 답했다.

소아흉부외과 의사가 매튜를 처음 본 날, 깜짝 놀랄 수밖에 없었다. 매튜가 작다는 것을 익히 들어 알고 있을 그다. 그러나 가느다란 팔 다리, 너무 작은 턱과 머리를 보고는 두 눈을 질끈 감았다. 실제로 매튜는 태어났을 때보다 몸무게가 부쩍 줄었다가 회복하는 여느 아기와는 달리, 몸무게가 늘지 않았다. 아마도 처음 보자마자 그는 알았을 것이다. 성공적인 수술은 힘들 것이라는 것을. 아니 수술이 성공적이더라도 회복해서 집으로 가기는 쉽지 않을 것이라는 것을. 영양사, 약사, 의사들이 옹기종기 모여 앉아 최고의 영양을 공급할 수 있는 맞춤 주사액을 줘도 소용없었다.

매튜의 몸무게는 좀체 오를 생각을 하지 않았다. 시간은 속절없이 흐르고 매튜는 겨우 심장 수술을 받았다. 작은 매튜의 몸은 남극같이 추운 수술실 기운을 이기지 못하고, 서늘하게 식어갔다. 따뜻한 담요와 뜨거운 공기를 주입하는 기구를 써도 온도는 쉬이 오르지 않았다. 수술은 점점 길어지고, 수술을 마치고 나온 매튜의 온도는 너무 낮아 측정이 불가능할 정도였다. 차갑게 식은 매튜를 안아주지도 못하고 엄마는 날카로운 비명 같은 울음만 내질렀다.

그 후로도 매튜는 오로지 집에 가기 위해 두 가지 수술을 더 받아야 했다. 목과 배에 구멍을 뚫어 숨과 영양을 넣어주기 위한 수술 뒤, 매튜의 목구멍 주위는 시뻘겋게 달아올랐다. 약한 면역 체계 때문인지 몇 번의 감염이 더 있었다. 죽음의 위기에서 몇 번이나 겨우 탈출한 매튜는 이번 수술 뒤에도 항생제 치료를 받아야 했다. 위장으로 모유를 넣어줘도, 배도 종종 부풀어오르고 구토도 계속했다. 기계가 불어주는 숨이 불편했던 매튜는 자주 산소 포화도와 심박수를 떨어뜨렸다. 어느새 기나긴 다섯 달을 신생아중환자실에서 보낸 매튜는 드디어 집으로 갈 수 있었다. 의료 기구와 기계가 집 절반을 채우고, 매일 집으로 간호사가 찾아와 매튜를 보살폈다.

그러던 어느 날 밤, 매튜의 생체징후가 또 떨어졌다. 하지만 여느 때와 달리 다시 오르지 않았다. 매튜의 부모는 911을 불렀다. 겨우 병원에 당도했다. 매튜의 심장이 멎어 있었다. 그러나 어느 누구도 사망 선고를 내리지 않아, 어찌 보면 살아 있는 매튜는 부모의 품에 안겼다. 실로 깜깜한 병실 밖의 세상과 시커먼 마음만 가득 찬 병실 안의 세상이 하나로 합쳐졌다. 매튜에게 꼬박 열 달 동안 집이 되어 줬던 자궁 안과 같은 색깔이었다. 다섯 달 내내 매튜에게 노래를 불러주고 책을 읽어주던 부모의 목소리가 병실을 가득 채웠다. 태어나기 전과 다름없이 사랑이 고이 담겨 있는 공간이었다. 다만 슬픔이 조금 더 짙게 깔려 바닥이 보이지 않았을 뿐이다. 새파란 하늘에 뜬 구름같이 높고 새하얀 희망이 뭉개지는 순간이었다. 부모의 간절한 소망과는 달리, 또 한번의 기적은 일어나지 않았다. 매튜는 결국 진한 통증을 수반하는 수술 전후의 삶을 살다 하늘로 떠났다. 유명한 시인 하인리히 하이네는 "가장 좋은 것은 아예 태어나지 않는 것이다. 죽음, 그것은 길고 싸늘한 밤에 불과하다. 그리고 삶은 무더운 낮에 불과하다"라고 말한 바 있다. 매튜의 괴로움이 너무 길어 삶 자체가 데스 밸리의 쩍쩍 갈라진 바닥 같았다.

18번 삼염색체 증후군을 가진 아기의 수술이 미국 전역에서 점차 늘고 있다. 어떤 이는 이제 의료계에서도 패러다임 전환이 이루어져 진단명 자체가 죽음을 의미해서는 안 된다고 주장한다. 수술을 통해 삶을 연장하고 살아갈 수 있으니, 가능하다면 삶을 연장하는 것이, 치료를 하는 것이 옳다고 주장하는 의사도 있다. 반면에 윤리적으로 옳지 않다고 거절하는 이도 있다. 늘 변화하는 과학계와 진보하는 의료계이기에 한 가지 주장만 받아들이는 것은 옳지 않다. 치료에 동의하고 거부하는 것은 의사 개인의 자유지만, 전문가의 소견을 넘어 아기에 대한 의무를 더해 부모가 바른 선택을 할 수 있도록 도와야 한다. 미래가 없는 고통은 인간에게 주어져서는 안 되기에, 18번 삼염색체 증후군 아기의 삶을 지지하고 돕고 싶지만 선은 그어져야 한다고 믿는다. 큰 수술을 받아야만 생이 연장된다면, 그 연장된 삶이 길지 않다면, 작은 아기에게 크나큰 통증만 가져다주는 의료 행위는 멈춰져야만 한다.

더 큰 사랑을
실천하는 법

태어난다. 하지만 곧 죽을지도 모른다. 어떤 신생아중환 자실 아기들은 이상한 숙명을 가지고 태어난다. 셀 수 없는 변수를 뚫고 기적적으로 태어나서는 곧 죽을지도 모르는 처연한 운명이 되어 버린다. 아니, 이미 죽었을 생명이다. 다만 현대 문명, 과학의 힘으로 심장이 뛰고 있어 의학적으로 살아 있는 것이다. 이미 꺼져버렸어야 할 촛불이 현대 의학이라는 가스 활로에 안착해 아직도 하늘하늘 불을 밝힌다. 아기는 그렇다 치자. 부모는 어떠한가. 부모는 무슨 죄로 아기의 생명 줄을 계속 잡을 것인지 놓아줄 것인지를 결정해야 하는 것일까. 내 피붙이를 내 결단으로 죽여야 하다니 어불성설이다.

나는 자주 물었다. 울부짖는 부모들에게, 수없이 많은 부모들에게 삶과 죽음의 질문을 던졌다. 그들 중 몇몇은 나를 원망하는 눈빛을 보냈다. 어떤 부모는 자신을 구원해달라는 표정을 짓기도 했다. 어느 누구도 그런 이야기를 들을 준비가 되어 있지 않았다. 오직 건강한 아기의 탄생만을 준비한 부모다. 병원에 있는 아픈 아기를 바라보기조차 쉽지 않다. 누가 자신의 아기가 태어나자마자 울지도 않고 축 처져 있으리라고 생각할까. 새파란 새싹을 기대했는데, 나온 아기는 시든 배춧잎 같은 모습을 하고 있다. 죽음과 연관 짓는 연령대는 대부분 노년층이다. 아기는 생명과 탄생을 의미한다. 부모에게 아기의 죽음은 상상을 넘어 비현실로 다가온다.

신생아중환자실에서 대부분의 상담은 아기의 상태를 자세히 설명하며 시작한다. 현재 상태가 어떠한지. 앞으로의 경과가 어떨지. 집에 갈 수 있는지. 수술로 목에 호흡기를 꽂고 배에 영양을 공급하는 관을 넣은 후 퇴원이 가능한지. 긴 입원 뒤에 아기가 걷고 말을 할 수 있을지. 불투명하기만한 가깝고 먼 미래다. 점술사도 아닌 내가 아기의 미래처럼 캄캄한 구슬을 쳐다본다. 이미 흑백 사진같이 바래버린 부모의 얼굴을 마냥 바라본다. 그리고 고를 수 있는 치료법을 설명해 나간다.

약은 얼마나 쓸지, 어떤 약을 쓸지, 피검사는 계속할지, 자잘한 치료와 검사를 계속 받을지를 묻는다. 그러고 나면 가장 중요한 질문이 남는다. 인공호흡기를 제거할지, 심폐소생술을 할지, 강심제를 투약할지, 가슴 압박을 할지를 묻는다. 의료계에 종사하는 사람이 아니고서는 이해할 수도 없고, 이해하고 싶지도 않은, 삶과 죽음의 시험지에 답을 해야 한다. 칼로 자르듯이 "뭐든지 다 해주세요" 아니면 "다 그만둬 주세요"로 정할 수 있는 문제는 아니다.

환자에게 고통을 주지 않는다는 조건 아래, 어느 정도의 치료와 검사는 시간을 연장할 수 있다는 데에 의미가 있다. 이는 가족에게도 위로가 될 수 있고, 후회가 남지 않을 수 있게 돕는다. 그 완벽한 적정선을 지키는 것이, 그 과정을 도와주는 것이 의료진의 일이다. 의사마다 다르지만 개인적으로 부모의 결정을 존중하는 편이다. 통증이 없다는 전제하에, 지연시킬 수 있는 죽음이라면 더욱 그렇다. 부모가 아기와 추억을 쌓고 마음을 추스를 수 있도록 최선을 다해 돕는다. 후에 부모가 아기와의 추억을 꺼내 보며 이를 삶을 살아가는 원동력으로 삼을 수도 있다. 또 어떤 의미에서는 부모에게 더 나은 삶을 만들어줄 수도 있기 때문이다.

만약에 내가 그들의 자리에 앉아 있다면 어떤 결단을 내릴까. 의료진을 대상으로 한 설문 조사와 그 후에 추적 조사를 보면 의료진의 상황 전 추측과 실제 상황에서의 선택은 많이 달랐다. 당연히 객관적인 답을 체크하는 설문지와 혼돈의 소용돌이 속에서의 주관적인 결정은 엄연히 다를 수밖에 없다. 지금이야 정상적인 사고와 객관적인 판단이 가능하지만, 그 상황이 펼쳐진다면 나 자신도 아마 옳지 않은 선택을 할 가능성이 높다.

아무리 많은 진통제와 진정제를 투여하고, 사랑과 정성으로 돌보아도 아기는 통증을 느낄 수밖에 없다. 중환자실에서 자주하는 간단한 피검사만 하더라도 피부를 뚫는 바늘로 아기를 아프게 한다. 아기는 말로 얼마나 불편한지 표현할 수 없기에 더 마음이 쓰인다. 부모의 품에 꼭 안겨 있어야 할 신생아가 침대에 누워 줄과 관을 주렁주렁 달고 있다. 간혹 엄마의 냄새가 나고, 아빠의 목소리가 들리지만 배 속과는 너무나도 다른 세상이다. 단시간의 치료로 나아질 수 있다면 시도해볼 만 하다. 하지만 계속 아픔이 지속되고 결국은 어두운 미래만 남는다면? 그렇다면 편안한 세상으로 돌아가야 한다. 부모가 아기와의 시간이 더 필요하다면 최소한의 시간을 최대한의 질로 채우고, 아기는 보내줘야 한다. 더 큰 사랑은 나의 욕심과 희망을 뒤로하고 아기를 온전히 보호해주는 것이기 때문이다.

나 또한 가장 사랑하는 사람을 고등학생 때 잃었다. 어느 누구에게도 말하지 못했지만, '식물인간일지언정 살아만 있어도 좋겠다'고 생각한 적도 많았다. 하지만 잘 알고 있다. 그것이 얼마나 이기적인 생각인지. 그런 상태에서의 삶은 사는 것이 아니므로. 내 마음 쉴 곳을 두기 위해 사랑하는 아버지를 기계에 연결해 무의미한 삶을 연명하게 할 수는 없다. 아직도 내 마음의 고향에서는 성모병원에 누워 계신 아버지가 방과 후 마을버스를 타고 달려올 나를 기다리고 있다. 실제로 살아 계시지 않아도 그 상상만으로도 위로가 된다. 그래서 이기적인 생각이 샘솟을 때마다 아니라고 답해준다. 연명 치료를 개인적인 이기심 또는 희망의 일환으로 원하는 환자 가족들의 마음을 누구보다 이해한다. 나도 그중 한 명이기에. 하지만 그 가족들에게 또 나에게 끊임없이 되뇌인다. 더 큰 사랑은 나를 내려놓고 오로지 그 사람을 위해, 많이 아플 때 잘 보내주는 것이라고.

보내줘야 할 때를 아는 것도
사랑이니까

어떤 아기에게는 보통의 미래는커녕, 미래 자체가 존재하지 않는다. 심장이 뛰고 폐 안으로는 숨이 들어간다. 그래도 '살아 있다'고는 할 수 없다. 이미 날아갔을 아기를 병원에서는 중력과 상반되는 힘으로 붙잡고 있다. 억지로 생을 연장했지만 어떤 인지 활동도 전무할 아기. 자신이 살아 있음을 자각할 수 없다면, 그것이 삶이라고 볼 수 있는가. 인공호흡기에 의지해 몇 년을 살더라도, 단 한순간도 모를 것이다. 자아, 부모, 그리고 주변 환경. 그런 매일이 삶의 기반이라고 할 수 있을까. 창가에 놓인 꽃은 존재만으로도 아름답다. 그렇지만 그 '생'을 지키기 위해 끔찍한 고통이 수반된다면? 억지로라도 생을 연장해야 하는가. 또 아픔을 느끼지 못하는 상태라도 누군가의 기쁨을 위해 그 생을 연장하는 것이 과연 정당한가.

생명은 소중하다. 그렇지만 아기의 생을 연장해도 '삶'이 없다면? 통증을 느끼지 못한다고 하더라도, 어느 누구도 숨만 쉬는 인형으로 사는 것을 원치 않는다. 아기가 누군가의 삶 한 구석 장식품으로 전락해서는 안 된다. 2009년 대한민국 대법원이 선고한 첫 존엄사 판결문도 생명권은 가장 중요한 권리이지만, 인간으로서의 존엄성을 바탕으로 지켜져야 한다고 밝혔다. 2016년 캘리포니아 인생말기법에 따르면, 말기 환자는 의사에게 약을 처방받아 편히 생을 마칠 수 있다. 존엄성이란 그런 것이다. 가장 소중한 생명조차 차선으로 만드는.

근대 호스피스의 선구자, 시슬리 손더스Cicely Saunders는 "우리는 당신이 평화롭게 죽는 것을 돕기 위해서, 하지만 무엇보다 죽기 전까지 (인간답게) 사는 것을 위해서 최선을 다합니다"라고 진술했다. 그가 내세운 것처럼 '사람이 어떻게 죽느냐가 살아가는 사람들의 기억에 남아' 계속 이어지기 때문이다. 세상을 떠난 사람과의 마지막 장면은 남겨진 사람들의 애도의 여정에서 큰 힘이 된다. 하지만 그 마지막 추억이 고통과 혼돈으로 점철된다면 치유의 길은 험난해진다.

고통 완화의 궁극적 목표는 간단하다. 환자가 떠나기 전가족들과 추억을 만들 수 있도록 시간을 벌어주는 것, 죽음을 받아들일 시간을 벌어주는 것, 또 혹시나 있을 아픔을 최소화하는 것이다. 아기에게만 국한되지 않는다. 고령의 환자를 임종실 또는 집에서 편안하게 보내는 것과 중환자실이나 응급실에서 심폐소생술 후 처참한 시신으로 보는 것은 천지차이다. 누구나 죽는다. 나와 내 사람들이 인생 마지막 언저리에 선다면, 어떤 결정이 올바른 것인가. 애도의 과정은 그 상실을 받아들이는 데에서 시작된다. 슬픔을 가장한 형언할 수 없는 감정들이 종류별로 덮칠 것이다. 그 끝이 없는 과정을 어둠 속에서 보내지 않으려면 마지막 장면은 중요하다.

성인이라면 연명의료의향서 같은 서류를 작성하거나 가까운 이들과 마지막 가는 길의 바람을 나누는 것도 가능하다. 나와 사랑하는 이들의 마지막은 결정할 수 있을 때 준비해두어야 한다. 종종 가족이 환자의 의견에 반해 연명 치료에 들어가는 경우도 있다. 상태가 악화되기 전에 환자 본인이 자신의 임종 준비를 할 수 있다면 도와야 한다. 그리고 각자의 선택을 존중해줘야 한다. 이타심을 가장한 이기심은 버려야 한다.

허지웅 작가는 저서 《최소한의 이웃》에서 이렇게 고백한다.

"저는 사랑의 반대말이 소유라고 생각합니다."

가끔은 쥐고 있는 손도 놓을 수 있어야 그 사랑이 아름답다. 진정한 사랑이 그렇게 완성된다.

디즈니 캐릭터 곰돌이 푸우도 삶의 지혜를 나눈다.

"아무것도 안 해서 최고의 결과로 이어질 때도 많아. 가끔은 해야 하는 일이 아무것도 하지 않는 것일 때가 있어."

보내줘야 할 때를 아는 것도 사랑의 실천이니까.

감사의 글

온라인 글쓰기 플랫폼에 써내려간 무모한 글을 보고 출간 제안을 해준 그래도봄 출판사에 고마움을 전합니다. 같은 이야기라 하더라도 시각을 달리하면 글이 어떻게 변하는지 눈으로 확인하는 소중한 시간이었습니다. 더욱이 〈한겨레21〉에 연재할 수 있는 기회까지 얻어 미흡한 글이 수많은 독자에게 가닿을 수 있었습니다. 매번 꼼꼼하게 살펴봐주신 구둘래 기자님에게도 감사한 마음을 전합니다. 무엇보다 함께 울어주고 웃어주며 소중한 의견을 남겨주신 독자 여러분에게 깊이 감사드립니다. 덕분에 미처 생각하지 못했던 부분, 다른 시각을 발견하고 많은 도움을 얻어 더 나은 글로 책을 엮을 수 있었습니다.

사랑하는 남편, 정 마이클에게 고마움을 전하고 싶습니다. 배우자가 원하는 것을 적극 지지해준 그의 사랑에 더 많은 사랑을 보냅니다. 그동안 글 쓰느라 아이들과 함께하는 시간이 적었습니다. 그럼에도 세상 최고의 엄마라고 말해주는 큰아이 벨라와 제 키보드를 열정적으로 사랑하는 작은아이 브라이언, 늘 말하지만 사랑합니다. 저의 글쓰기를 사랑과 지지로 함께한 가족 황가, 김가, 박가, 정가 사람들에게도 사랑을 듬뿍 보냅니다. 제가 이룬 모든 것에는 어머니의 보이지 않는 헌신과 사랑이 있었습니다. 이 책은 어머니가 쓰신 것이나 다름없습니다. 하늘에서 지켜보고 계실 아버지, 사랑합니다. 제가 하는 모든 일은 우리 가족의 손길이 닿지 않은 곳이 없습니다. 저의 또다른 가족, 신생아중환자실에서 함께 일하는 동료들에게 깊은 존경과 감사를 표합니다.

인생에서 제일 힘든 등반에 동행할 수 있는 영광을 저에게 준 작은 아기들과 부모님들에게 뜨거운 감사를 드리고 싶습니다. 이 책은 가슴 아픈 아기들의 이야기를 눈물로 묶어 만든 꽃다발과도 같습니다. 이 영광을 지금 살아 있는 아이들에게 전하고자 저의 인세는 모두 초록우산 어린이재단에 전달할 생각입니다.

마지막으로 이 글에 자주 등장하는 저의 멘토 John Patrick Cleary 교수님께 이 책을 바칩니다. 얼마 전 안타깝게 세상을 떠나 책을 보지도 만질 수도 없지만, 하늘에서 무척이나 흐뭇하게 바라보실 거라 믿어 의심치 않습니다. 언젠가 제가 훌륭한 의사가 된다면 모두 그의 가르침 덕분입니다. 현재의 저도 앞으로의 저도 그의 발자국만 따라가고 싶습니다.

스텔라 황

출처

1   Dumaret, A. C., and D. J. Rosset. "Trisomy 21 and abandonment. Infants born and placed for adoption in Paris." *Archives Fran-caises de Pediatrie* 50.10 (1993): 851-857.

2   Piotrowski, Konrad. "Child-oriented and partner-oriented perfectionism explain different aspects of family difficulties." *Plos one* 15.8 (2020): e0236870.

3   Nelson, Katherine E., et al. 'Survival and surgical interventions for children with trisomy 13 and 18.' *Jama* 316.4 (2016): 420-428.

4   Dickinson, Emily, and Lavinia Greenlaw. *That love is all there is.* ProQuest LLC, 2004.

참고문헌

- 가이 윈치 저, 이경희 역, 《상실을 이겨내는 기술》, 생각정거장, 2020.
- 류쉬안 저, 원녕경 역, 《성숙한 어른이 갖춰야 할 좋은 심리 습관》, 다연, 2020.
- 아툴 가완디 저, 곽미경 역, 《어떻게 일할 것인가》, 웅진지식하우스, 2018.
- 와시다 기요카즈 저, 길주의 역, 《듣기의 철학》, 아카넷, 2014.
- 전미경, 《당신은 생각보다 강하다》, 웅진지식하우스, 2023.
- 파울로 코엘료 저, 오진영 역, 《알레프》, 문학동네, 2011.
- 허지웅, 《최소한의 이웃》, 김영사, 2022.

이 책의 저자 인세는 모두
초록우산 어린이재단에 기부됩니다.

사랑은 시간과 비례하지 않는다

ⓒ 스텔라 황

초판 1쇄 인쇄 2023년 10월 20일
초판 1쇄 발행 2023년 10월 30일

지은이 스텔라 황
펴낸이 오혜영
교정교열 김단희
디자인 온마이페이퍼
마케팅 한정원

펴낸곳 그래도봄
출판등록 제2021-000137호
주소 04051 서울시 마포구 신촌로2길 19, 316호
전화 070-8691-0072 **팩스** 02-6442-0875
이메일 book@gbom.kr
홈페이지 www.gbom.kr
블로그 blog.naver.com/graedobom
인스타그램 @graedobom.pub

ISBN 979-11-92410-21-0 03810